Science Fiction Stories

AF237504

Jacqueline Montemurri

Science Fiction Stories

STÖR
FALL

Bibliografische Information der Deutschen Nationalbibliothek:
Die Deutsche Nationalbibliothek verzeichnet diese Publikation in der Deutschen Nationalbibliografie; detaillierte bibliografische Daten sind im Internet über http://dnb.dnb.de abrufbar.

Covergestaltung:
Jacqueline Montemurri unter Verwendung eines Motivs von Sergey Nivens / Depositphotos

Herstellung und Verlag:
BoD – Books on Demand, Norderstedt

ISBN: 978-3-7534-0589-6

INHALT

SONNENMOND
FINSTERNISSTERN

Logbuch E.S.S. Tynwald
Borddatum 2342-04-12
Bordzeit 22:30
Funksignal von PH1 weist starke Modifikation
auf. Entschlüsselung nicht möglich.
Nichtidentifizierbare Überlagerungen.
Kdt S.K.

»Wir müssen zurück!« Die Stimme der Frau hallte von den metallenen Wänden der Messe wieder. Als Technikerin der E.S.S. Tynwald behielt Denise Rallinger bei Problemen einen kühlen Kopf. Doch diesmal war es anders. Die ganze Mission war anders.

»Der Plan ist aber, dass wir erst unsere Passagiere auf Sinus-13 absetzen und dann zurückfliegen, um Ted vom PH1-Mond abzuholen. Ich sehe keinen Grund, warum wir jetzt umkehren sollten«, war die ruhige Antwort der Kommandantin Suri Kaliskan.

»Weil er in Not ist!«

»Denise, beruhige dich. Wir können den Funkspruch nicht entschlüsseln. Doch das bedeutet nicht, dass er in Not ist.« Suri bemühte sich sachlich zu bleiben. »Er hat sich freiwillig dazu gemeldet. Niemand hat ihn gezwungen. Er *wollte* unbedingt dieses Signal entschlüsseln.«

Die drei Männer am Tisch blickten abwechselnd die Kommandantin und die erregte Technikerin an.

»Zickenkrieg«, murmelte Jake Sullivan. Denise warf ihm einen missfallenden Blick zu, stieß geräuschvoll ihren Stuhl nach hinten und sprang auf.

»Ted ist verdammt noch mal da draußen! Wir kennen diesen Scheiß-Planeten nicht und auch nicht den Sinn dieser Sendeanlage. Ich hab ein schlechtes Gefühl!«

»Wegen eines Gefühls werden wir doch nicht umkehren!«, höhnte einer der Männer. Er hatte die Füße auf der Tischkante und wippte mit dem Stuhl. Es verursachte ein leises Quietschen, das an Suris Nerven zerrte. Als einziger trug er eine Waffe am Gürtel. Der Grund saß betont gelangweilt neben ihm, die Handschellen und Fußfesseln an seinen Gelenken verrieten den Sträfling. Seine Augen blickten wachsam auf das Geschehen. Die Kommandantin des Raumfrachters stieß missmutig den Atem aus.

»Schlimm genug, dass wir Passagiere befördern müssen«, dabei blickte sie entschuldigend auf den Bewaffneten, »und dann diese seltsame Sendestation, aus der wir nicht schlau wurden. Doch *ich* habe hier das Sagen und *ich* entscheide, dass wir weiterfliegen, die beiden auf Sinus-13 abliefern und *dann* Ted von diesem seltsamen Mond abholen.«

Denise stieß mit dem Fuß den Stuhl um. Der Knall, wie von einer Explosion, bohrte sich schmerzhaft in die Ohren der Anwesenden.

»Ich kann nicht zulassen, dass du Ted im Stich lässt, Suri. Auch wenn du die Kommandantin bist. Was wäre, wenn Jake Hilfe benötigte? Würdest du ihn auch verrecken lassen?«

Der dritte Mann am Tisch verzog nach Erwähnung seines Namens das Gesicht. Aber er sagte nichts. Suri blickte ihm in die Augen, als sie erwiderte:

»Ich habe nicht vor, jemanden verrecken zu lassen. Doch ich würde genauso handeln, wenn es Jake beträfe.«

»Oh danke, Suri«, grinste der Erwähnte. »Ich denke jedoch wie Denise. Das Signal können wir zwar immer noch nicht entschlüsseln, aber es hat sich verändert. Es ist viel komplizierter geworden, als das erste. Entweder hat Ted die Anlage repariert, dann würde jetzt das ursprüngliche Signal gesendet oder er sendet uns eine Botschaft. Ich tippe auch eher auf einen Hilferuf«, beendete Jake.

»Aber, wie du schon sagtest, könnte es auch das ursprüngliche Signal sein«, erwiderte Suri.

»Für mich ein Grund mehr, zurück zu fliegen.«

Suri blickte Jake forschend in die Augen. *Ist das wirklich seine Meinung, oder will er mich nur provozieren?*

»Siehst du, Suri! Ich bin nicht die Einzige, die sich Sorgen macht! Wir müssen zurück. Zwei zu eins.«

»Denise, *ich* bin die Kommandantin des Frachters. Hier ist kein Parlament, wo abgestimmt wird. Auch wenn der Name unseres Schiffs der des ältesten Parlamentes der Erde ist. Doch hier habe *ich* die Bordgewalt.«

»Ich finde, wir sollten abstimmen«, mischte sich der Bewaffnete ein.

»Sie sind Passagier, Roary. Sie können sowieso nicht mitreden«, gab Suri mit einem aufgesetzten Lächeln zurück. Die kalt-weiße Deckenbeleuchtung schien einen Moment zu flackern.

Denise ballte die Finger zur Faust, bis die Knöchel weiß hervor traten.

»Wieso nicht? Die Mission ist aus dem Ruder geraten. Wir hätten diesen verfluchten Planeten PH1 gar nicht anfliegen sollen. Vier Sonnen! Das ist doch schon verdammt außergewöhnlich. Dann ein Sender, der seit Jahrtausenden irgendetwas sendet. Nur weil Ted der Meinung war, es sei ein Hilferuf und wir darauf reagieren müssten. Hier läuft gar nichts nach Plan, Suri. Ich finde, wir sollten abstimmen und unser Passagier auch«

Suri stand auf und lief eine Weile im Raum auf und ab. Ihre Schritte pochten wie blecherne Herzschläge. Dann blieb sie stehen und blickte in die Runde: zwei Crewmitglieder, ein Passagier und der Gefangene. Es war so still, dass sie meinte, das Rauschen des Stroms in den elektrischen Leitungen durch die Wände hindurch hören zu können. Oder war es das Blut, das durch ihre Adern strömte? Ihre Haltung straffte sich.

»Nein! Wir haben einen Terminplan einzuhalten. Die Brennstäbe des Reaktors müssen außerdem schnellstmöglich getauscht werden, sonst könnten wir antriebslos in diesem abgelegenen Quadranten für ewig rumtreiben. Zudem sollen wir diese Passagiere abliefern und ich habe keine definitiven Hinweise darauf, dass sich Ted in Gefahr befindet.« Damit verließ sie den Raum ohne den hereinbrechenden Widerspruch zu beachten.

Denise schlug mit der Hand auf den Tisch. »Ich bin für Rückkehr. Denn ich sehe in dem geänderten Signal einen Hilferuf.«

»So sehe ich das auch«, meinte Jake, »aber das ist belanglos. Suri hat hier das Sagen.«

»Diesmal nicht!« Kämpferisch stieß die Technikerin die Luft aus und sah den Gefangenen-Transporter auffordernd an.

»Roary?«

»Wenn ich's mir recht überlege, bin ich auch für's Umkehren. Schließlich sollten wir Ted nicht seinem Schicksal überlassen.« Er verschränkte die Arme vor der Brust und lehnte sich zurück.

»Also drei zu eins«, triumphierte Denise.

»Lass es sein«, mahnte Jake.

Die Technikerin schüttelte energisch ihre blonden Locken. »Oh nein, Jake. Wir sind ein Frachter. Kein Militärschiff. – Garry soll auch abstimmen.«

Roary grinste belustigt, packte die Kette der Handschellen und zog damit Garrys Hände hoch. »Garry wird sich meiner Meinung anschließen. Sonst kann er den Rest der Reise angekettet im Frachtraum verbringen.« Die gefesselten Hände krachten zurück auf den Tisch. Garry verzog keine Miene.

Denise ignorierte Roarys Äußerung, denn ihre Gedanken kreisten schon wieder um Ted und wie sie Suri beibringen könnte, dass alle für Umkehren sind.

»Ich werde noch mal mit ihr reden«, entschied sie.

»Lass ihr noch etwas Zeit«, meinte Jake.

Suri hatte sich in ihr Quartier zurück gezogen und erledigte den Logbucheintrag. Dann lag sie auf dem Bett und starrte die Decke an. Eine Reihe Leuchtdioden tauchte den Raum in bläuliches Licht. Das Fehlen jeglicher Geräusche verursachte ein Rauschen in ihren Ohren. Die letzten Wochen hatten ihr beschauliches Leben als Frachterkommandantin durcheinander gewirbelt. Kurz vor dem Start aus der Umlaufbahn des Minenplaneten Relus trennte sie sich von Jake. Zwei Jahre hatte sie mit ihm eine Beziehung gehabt, doch für mehr war er nicht bereit gewesen. Sie wollte aber nicht mehr nur als nächtliche Gespielin fungieren. Sie wollte mehr. Aber sie wusste selbst nicht, was sie wollte.

Dann kam dieser Shuttle an und sie musste diese zwei Passagiere aufnehmen und auf dem Weg zur Erde auf dem Gefängnisplaneten Sinus-13 absetzen. Der Transporter Roary Ceallaigh überführte den mehrfachen Mörder Garry van Basten nach Sinus-13. Suri hegte keine besondere Sympathie gegenüber dem Gefangenen-Transporter. Er wirkte kalt und berechnend auf sie. Wenn er nicht einige Andeutungen über die grausamen Verbrechen dieses Serienmörders gemacht hätte, dann könnte sie sich fast zu diesem Killer hingezogen fühlen. Seine Augen waren so Vertrauen erweckend. Schnell schüttelte sie den Kopf, um den absurden Gedanken zu verscheuchen und auf dieses Sonnensystem zu richten, das sie gerade hinter sich gelassen hatten.

PH1. Dieser Exoplanet, völlig unerforscht, lockte sie mit einem Signal. Sie konnten es nicht entschlüsseln und gerade dieser Umstand schien die Neugier besonders zu wecken. Ted Hilgard, ihr Bordingenieur, überredete sie, dem Signal auf den Grund zu gehen. Er war fest davon überzeugt, dass es ein Hilferuf war. In Gedanken überflog Suri noch einmal die Logbuch-Einträge:

… *Signal von PH1 erfasst. Entschlüsselung nicht möglich. Ted Hilgart (Bordingenieur), interpretiert es als Hilferuf. … Signal auf PH1-Mond geordet. … Mit Shuttle auf PH1-Mond gelandet: Suri Kaliskan (Kommandantin), Ted Hilgart (Bordingenieur), Denise Rallinger (Technikerin). Sendestation lokalisiert. … Sendestation datiert: >100.000 B.C. … Datierung unglaubwürdig. Keine Problemlösung möglich. … Überlagerung identifiziert. Originalsignal nicht entschlüsselbar. Sendestation defekt. … Ted Hilgart meldet sich freiwillig, um für Reparatur auf dem PH1-Mond zu verbleiben. … Besatzung und Passagiere setzen Flug fort, um Passagiere Garry van Basten und Roary Ceallaigh auf Sinus-13 abzusetzen sowie Brennstäbe zu tauschen … dann Rückkehr vorgesehen. …*

Es war alles anders gekommen, als geplant. Suri schloss die Augen. Die Lüftung setzte unerwartet ein. Das Summen bohrte sich schmerzhaft in ihr Gehirn. Sie betätigte einen Schalter und übertönte es mit sanfter Musik.

»Nicht gut gelaufen.«

Die Frau zuckte zusammen. Sie saß am Navigations-computer um den Kurs zu überprüfen und hatte niemanden erwartet. Die Anderen hockten wahrscheinlich irgendwo zusammen und planten die Meuterei. Als sie sich zu dem Sprecher umdrehte, erkannte sie Garry.

»Wo ist Ihr Schatten? Dürfen Sie sich denn so frei be-wegen?«

Er zuckte mit den Schultern.

»Schläft.«

Seine Augen funkelten sie an, als wolle er mit seinem Blick ihre Gedanken lesen. Sie schüttelte irritiert den Kopf und sah wieder auf die Bildschirme zurück. *Ein Fenster wäre schön, so wie in den antiken Geminikapseln,* träumte sie, *dann könnte man das All mit eigenen Augen sehen.* Doch leider gab es in einem Frachter so einen Luxus nicht. Nur elektronisch aufbereitetes Bildmaterial der Sensoren und Kameras am Rumpf des Schiffs.

»Wie funktioniert das?«, fragte er leise. Fast so, als solle es niemand hören. Geheimnisvoll.

»Was?«

»Das Navigieren.«

»Planen Sie die Flucht, oder was?« Es klang härter, als beabsichtigt.

»Möglich.«

Wo sollte er hin? Ein Serienkiller? Er könnte uns alle... Schnell schob sie den beängstigenden Gedanken beiseite.

»Gammastrahlen.« Ihr Tonfall war jetzt freundlicher. Sie hörte das Klirren der Handschellen, als er seine Hand auf ihre Schulter legte und über sie hinweg auf die Monitore blickte. Ein Schauer jagte über ihren Rücken. Beängstigend und zugleich aufregend. Sie spürte seinen Atem. Zog kurz in Erwägung, ihm einen Stoß zu versetzen und ihn auf Abstand zu bringen. Doch irgendwas in ihr genoss seine Nähe. Also tippte sie ein paar Daten ein und erklärte:

»Früher hatten die Seefahrer Leuchttürme, um sich zu orientieren. Jeder Turm hatte sein bestimmtes Signal. So wussten sie immer an welcher Küste sie sich befanden. Im All haben wir so etwas Ähnliches: Millisekundenpulsare. Sie senden periodisch Gammastrahlen aus. Jeder sein unverkennbares Muster. Diese werden von Gammastrahlenteleskopen an der Tynwald gelesen und im Computer zu einer Art dreidimensionaler Landkarte verarbeitet. So können wir unsere Position bestimmen.«

»Interessant«, hauchte er in ihr Ohr, »Ich habe nicht viel Zeit. Wir sollten reden.«

Sie spürte, wie er ihr das Haar aus dem Nacken strich. Sie könnte ihm den Ellbogen in den Magen rammen, überlegte sie. Doch ihr Körper wollte etwas anderes als ihr Kopf. Wieso ist das Böse nur so anziehend? Keine Zeit darüber nachzudenken. Es war eben das Böse. Abrupt drehte sie sich zu ihm um und hielt ihm die Klinge des Taschenmessers an die Kehle, das sie in ihrer Jackentasche mit sich rumschleppte, seit er an Bord war. Andere Waffen gab es auf einem Frachter nicht. Seine dunkelblauen Augen waren so nah, dass sie sich darin spiegeln konnte. Die Frau, die sie erblickte, hatte schulterlanges braunes Haar. Ihre grünen Augen wirkten müde, obwohl sie gerade sechs Stunden geschlafen hatte.

Plötzlich ein dumpfer Schlag. Er zuckte zusammen und brach mit einem kurzen Stöhnen vor ihr zusammen, gab damit den Blick auf Roary frei. Er grinste sie triumphierend an. Suri hatte nicht bemerkt, wie er eingetreten war. Er hielt die Pistole am Lauf in der Hand, steckte sie zurück ins Holster.

»Immer schön vorsichtig«, grinste er, »Er hat schon eine Menge so schöner Frauen abgemetzelt. Haben Sie sich nicht informiert?«

Suri blickte wie in Trance auf den am Boden liegenden. Er schien bewusstlos zu sein. Aus einer Platzwunde an seinem Kopf floss Blut. Roarys Hand schoss vor und betätigte die Türverriegelung. Summend wurde die Kommandozentrale von der Außenwelt abgeschirmt.

»Haben Sie sich nicht informiert?«, brüllte er hysterisch.

Suri wurde wie aus einem Traum gerissen.

»Was?«

»Haben Sie sich nicht informiert?« Die Stimme überschlug sich. Der Blick seiner Augen hatte sich verändert. Irgendwie sah sein Gesicht unnatürlich verzerrt aus.

»Nein.« Suri konnte das Verhalten des Polizisten nicht einordnen. »Wir sind zu weit draußen. Kommunikation mit der Erde ist hier nicht möglich.«

»Umso besser!«

Roary packte sie plötzlich mit der Linken an der Kehle und entwand ihr mit der Rechten das Messer. Es klirrte zu Boden. Die Kommandantin starrte ihn an. Sie begriff nicht, was hier vorging. Ihr Hals wurde zugeschnürt, ihre Gedanken verwirbelten zu einem Schwarzen Loch. Dann ein Stoß und sie krachte auf den Boden, rutschte bis zur Wand. Kaum hatte sie sich gesammelt war er schon wieder über ihr, drückte sie nach unten, riss ihre Jacke auf. Seine Hand presste sich auf ihre Brust. Er setzte sich auf ihr Becken und fixierte sie mit seinen Schenkeln. Da begann sie das Unverständliche zu ahnen. Trat wild mit den Beinen um sich. Bäumte sich auf, um ihn abzuschütteln. Er grinste höhnisch und schlug ihr mit der Hand ins Gesicht. Blitze zuckten auf.

Plötzlich waren Hände mit Handschellen um seinen Hals, die ihn würgten und von ihr runter rissen. Er röchelte und ließ von ihr ab. Konzentrierte sich auf den Angreifer. Sie wischte sich mit dem Handrücken das Blut ab, das aus ihrer Nase strömte und blickte sich suchend um. Die zwei Männer rangen und wanden sich fast lautlos auf dem Boden. Nur die Ketten des Killers klirrten. Die Waffe wurde ziellos von den Händen der Männer hin und her gedrückt.

Suri blickte sich Hilfe suchend um. Da sah sie das Messer, rutschte auf dem Boden darauf zu und packte es. Die Mündung der Pistole hatte jetzt Garrys Kopf im Visier. Sie beobachtete, wie der Killer sie versuchte wegzudrücken. Sein Gesicht war vor Anstrengung verzerrt. Durch die Hand- und Fußfesseln waren seine Bewegungen eingeschränkt. Roary hatte die Oberhand gewonnen und grinste siegessicher. Suri zögerte einen Moment, dann schoss sie vor und rammte dem Gefangenen-Transporter die Klinge in die Halsschlagader. Erschrocken blickte er sie an, tastete nach der Verletzung. Das Blut pulsierte im Takt seiner Herzschläge daraus hervor. Garry stieß ihn von sich. Während Roary seine letzten Atemzüge tat, glotzte er ungläubig auf Suri. Sie blickte ihn kalt an und wartete, bis es endlich vorbei war und er schlaff dalag.

In diesem Moment öffnete sich mit einem Zischen die Tür. Jake und Denise stürmten, bewaffnet mit Werkzeugen herein, blieben geschockt von dem Anblick stehen: Ein toter Polizist, überall Blut, ein Serienkiller und eine Kommandantin mit blutverschmiertem Gesicht und zerrissener Jacke.

»Was? ...«, stieß Jake entgeistert aus, »Wir sahen auf dem Überwachungsmonitor…«

Der Mörder ging zu seinem toten Bewacher und durchsuchte seine Kleidung. Dann zog er eine Ausweiskarte daraus hervor und hielt sie der Kommandantin vor die Nase.

»Wer schaut sich schon an, ob an dem Bild manipuliert wurde, wenn der Auftritt so offensichtlich ist«, lächelte der Mann. Demonstrativ kratzte er mit den Fingernägeln über die Karte und das Foto ließ sich ablösen. Suri blickte darauf und schüttelte ungläubig den Kopf.

»Oh, Scheiße!« Suri rang nach Luft. »Wieso haben Sie nichts gesagt? Ein Zeichen oder so?«

»Er hatte die einzige Waffe an Bord. Ich habe auf den richtigen Moment gewartet. Da er schon meinen Partner auf dem Gewissen hatte, wollte ich hier niemanden in Gefahr bringen.«

Jake und Denise standen immer noch mit Schraubenschlüssel und Hammer bewaffnet in der Tür.

»Darf ich vorstellen?«, lächelte Suri ihre Crew an, »Officer Roary Ceallaigh und dort liegt Serienkiller Garry van Basten.«

Logbuch E.S.S. Tynwald
Borddatum 2342-04-1
Bordzeit 09:00
Identität der Passagiere vertauscht. Bei
Klärung des Vorfalls wurde der Straftäter
Garry van Basten getötet.
Kdt S.K.

Wenige Worte für eine bizarre Situation. Mit einem Tastendruck beendete Suri das Logbuch-Programm. Sie sehnte sich nach einer Dusche. Ihre Hände zitterten, als sie versuchte, ihr Hemd aufzuknöpfen. Bilder des Vorfalls blitzten in ihrem Kopf auf. Ein Messer. Blut. Ihre Hand. Sie hatte tatsächlich einen Menschen getötet. Ihr wurde schwindelig bei dem Gedanken. Das Schlimmste war, dass sie sich dabei ganz irrational von ihren Gefühlen leiten ließ. Denn sie hatte bewusste den Polizisten getötet. Es war erleichternd gewesen, als sich die vertauschte Identität heraus stellte. Doch das Gewissen plagte sie, denn sie graute sich vor ihrer eigenen Entscheidung. In diesem Moment kündigte ein sanftes Signal an der Tür einen Besucher an. Also schloss sie das Hemd wieder so weit wie nötig und auch die Gedanken tief in sich ein, öffnete ihr Quartier. Die zischend zur Seite gleitende Tür ließ Roary erscheinen.

»Ich habe ihn mit dem Müll ins All entsorgt.« Er lächelte aus einem blutverschmierten Gesicht.

»Gut.«

Unbehagliches Schweigen.

»Darf ich reinkommen?«

Sie zögerte. »Ich wollte eigentlich duschen.«

Sein Gesicht kam ganz nah. »Ich auch«, hauchte er ihr ins Ohr.

Sie schob ihn ein Stück von sich weg. *Identität. Vertauschte Identität?* »Kann ich den Ausweis noch einmal sehen?«

Er durchsuchte seine Taschen, fand die Karte und gab sie ihr ohne zu zögern. »Einen anderen Beweis habe ich im Moment nicht.«

Sie blickte auf das zerkratzte Foto unter dem ein anderes zum Vorschein kam, das offensichtlich seins war. Natürlich glaubte sie ihm. Sie wollte glauben, doch ein kleiner Rest

Zweifel schlingerte noch durch ihre Eingeweide und verursachte ein lustvolles Kribbeln. Sie konnte nicht ganz begreifen, dass sie seit Wochen mit einem Serienkiller hier zusammen gelebt hatten. Ein Schauer kroch über ihren Rücken. Im Grunde war ihr der nun Tote schon seit seiner Abkunft hier unsympathisch gewesen. Man sollte also doch auf seine Gefühle hören. Vielleicht hatte Denise ja auch Recht. Vielleicht war Ted wirklich in Gefahr.

»Alles Okay? Es ist nicht leicht, damit klar zu kommen. Ich weiß.« Seine Stimme klang sanft. Er strich ihr durchs Haar.

»Ich wusste nicht, wie einfach es ist, einen Menschen zu töten. Es ging so leicht. Erschreckend leicht«, flüsterte sie.

»Du musst es vergessen. Er war ein Killer, ein Psychopath. Glaub mir, er hatte es verdient.«

Er fing an sie zu küssen. Obwohl er den Geruch von Blut und Schweiß ausströmte, gab sie sich seinem Kuss hin.

»Es beruhigt mich nicht, denn ich dachte ja, er wäre ein Polizist«, gab sie in einer Atempause zu und blickte ihm in die Augen. Ihre Finger strichen durch sein hellbraunes Haar. Blutige Strähnen.

»Wir sollten die Verletzung kleben.«

»Okay. Mach das. Ich vertrau dir.«

Sie suchte in ihrem Schrank nach den medizinischen Utensilien, die sie dafür benötigte. Während sie seine Wunde versorgte, wanderten seine Finger unter ihr Hemd. Kurz hielten sie in der Bewegung inne, als sich das Desinfektionsmittel in seine Kopfhaut brannte. Dann wanderten sie weiter und sie genoss es.

»Komm, lass uns erst mal duschen. Danach sieht die Welt wieder besser aus«, flüsterte er, als sie fertig war.

»Der Kleber muss ein paar Minuten trocknen, bevor …«

Ein Kuss unterbrach ihre Erklärungen. Er fing an ihre Kleider zu öffnen und sie ließ es geschehen. *Manchmal muss man doch auf seine Gefühle hören*, schoss es ihr durch den Kopf, *vielleicht hat Denise doch Recht.* Es war ein angenehmes Gefühl, seine Finger auf ihrer Haut. Ganz anders als bei Jake. Jetzt konnte sie einfach nur sie selbst sein, keine Kommandantin.

Logbuch E.S.S. Tynwald
Borddatum 2342-04-20
Bordzeit 13:40
Kommandantin hat Rückkehr angeordnet, um das Crew-Mitglied Ted Hilgard wieder an Bord zu nehmen – PH1-System von den Scannern erfasst. Signal unverändert. Planet umkreist auf lemniskatischer Bahn zwei Doppelzentral- gestirne.
Kdt S.K.

»Die Bahn ist eine liegende Acht, naja, leicht verdreht«, erklärte Denise. Suri bemerkte den Stimmungswechsel der Technikerin, seit sie die Rückkehr beschlossen hatte.

»Das Zeichen für Unendlichkeit.« Suris Blick schien sich durch den Monitor hindurch im All zu verlieren.

Denise tippte auf einen Punkt der grafischen Darstellung.

»Hier müsste der Planet jetzt sein, falls diese ganzen Berechnungen einen Sinn ergeben. Hier am äußeren Umkehr- punkt. Der Mond umkreist ihn ziemlich langsam. Ich ver- suche das mal zu simulieren.« In die Grafik kam Bewegung. Ein Punkt begann den Planeten zu umkreisen. »Die Bahn- ebenen weisen nur vernachlässigbar kleine Differenzen auf. So genau kann ich das jetzt nicht darstellen.«

»Es wird schon reichen«, meinte Jake, »sieht so aus, als ob sich der Mond in zwei Tagen in den Planetenschatten schiebt. Und wenn deine Berechnungen stimmen, wird er erst zehn Tage später wieder aus ihm heraustreten.«

Zwischen Roarys Augen bildeten sich zwei senkrechte Falten. »Soll das heißen, dass dann zehn Tage lang Sonnenfinsternis herrscht? Auf einem Planeten mit vier Sonnen?«

Suri berührte wie zufällig Roarys Körper und spürte, wie er die Berührung durch leichten Gegendruck erwiderte. »Ganz genau. Aber es betrifft nicht den Planeten, sondern den Mond. Das ist die längste Sonnenfinsternis, die ich je erlebt habe.«

»Es ist die einzige, die ich je erlebt habe.«

»Dann kannst du dich auf ein schönes Schauspiel freuen.«

Die Kommandantin untersuchte die Instrumente im Cockpit des Landeshuttles, als Denise zu ihr trat.

»Die Triebwerke sind einsatzbereit. Diesmal habe ich mehr Daten über den PH1-Mond und wir können den Landeplatz vorsichtiger wählen. Noch so ein Touchdown wie letztes Mal und der Shuttle ist hinüber.«

»Gut, bereite das schon mal vor«, Suri blickte nicht auf, sondern prüfte die Schaltkreise und Statusanzeigen des Kontrollsystems. Denis stieß ihr spielerisch in die Rippen und deutete mit dem Kopf nach vorn. Durch die Cockpitscheibe konnten sie die Männer beobachten, wie sie Ausrüstung zusammen suchten. Die Technikerin zwinkerte ihrer Kommandantin zu.

»Du bist wirklich verrückt.«

»Wieso?«

»Na, ganz ehrlich. Du warst doch schon scharf auf ihn, als wir noch glaubten, er sei der Serienkiller.«

»Quatsch.« Suri war entrüstet.

Denise verdrehte die Augen.

»Naja, süß ist er ja.«

»Hör jetzt auf! Und lass bloß die Finger von ihm!«, lachte Suri.

Logbuch E.S.S. Tynwald
Borddatum 2342-04-22
Bordzeit 11:50
Logbucheinträge von Mutterschiff und Shuttle
synchronisiert. Gesamte Besatzung auf PH1-
Mond gelandet. Kein Kontakt zum Bodenteam
möglich.
Kdt S.K.

Das Landegebiet des Shuttles lag ein Stück abseits der Sendestation. Sie ragte als bizarres Gebilde vor ihnen auf, ein Kuppelbau mit zahlreichen kompliziert aufgebauten Turmkonstruktionen. Sie vermuteten, dass dies die eigentlichen Antennen waren. Doch das Prinzip hatten sie nicht verstanden. Ted war so fasziniert gewesen, dass er den Sender unbedingte reparieren wollte. Suri sah noch sein freches Grinsen in seinem mit Sommersprossen übersätem Gesicht vor sich, als er darauf bestand zu bleiben.

Der Mond hatte eine hohe Ozonkonzentration in der unteren Atmosphäre, die deshalb für Menschen nicht atembar war. Das wussten sie durch die erste Landung hier. Doch im Inneren der Station war die Atmosphäre erdähnlich. Um die Distanz zu überwinden mussten sie ihre Raumanzüge anziehen. Sie bestanden aus hautengen elastischen Latexanzügen in die Nanokunststoffplatten eingebettet

waren, zum Schutz vor Mikrometeoriten und Sonnenstrahlung. Die Anzüge verhindern die Expansion des Körpers
ihres Trägers ohne unter Druck zu stehen. Dadurch wurde
größtmögliche Beweglichkeit erreicht. Nur der Helm war
unter Druck gesetzt. Über dem flachen Sauerstoffbehälter
hatten sie noch Rucksäcke mit Verpflegung und Ausrüstung.

»Oh, Mann«, hörte Suri Roarys Stimme durch das
Intercom. Er war hinter der Gruppe zurückgeblieben und
betrachtete fasziniert den Horizont hinter der Station. Die
ganze wüstenähnliche Landschaft war in tiefes Rot getaucht.
PH1 schob sich langsam über den Horizont nach oben. Der
gewaltige Gasplanet war sechsmal größer als die Erde.
Schräg über ihm konnte Roary vier Fixsterne erblicken. Zwei
eng beieinander liegende Sonnen waren etwa von der Größe
eines Viertel des Erdmondes. In einigem Abstand, aber schon
fast von PH1 verdeckt, gab es eine große helle Sonne, ähnlich
der, der Erde. Davor, wie ein Sonnenfleck, war noch eine
rötliche kleinere Sonne mit geringer Helligkeit auszumachen.

Auch Suri, Jake und Denise blieben nun stehen und ließen
das außergewöhnliche Schauspiel auf sich wirken. PH1 stieg
wie eine gigantische schwarze Scheibe am Horizont auf und
schob sich unaufhaltsam vor die lichtspendenden Fixsterne.
Zuerst verschwand die rote Sonne hinter dem Gasriesen.
Dann wurde allmählich auch die große Hauptsonne verdeckt.
Dies war vergleichbar mit einer Sonnenfinsternis auf der
Erde. Nur das hier kein Mond die Lichtscheibe verdeckte,
sondern ein gewaltiger, fast den ganzen Himmel domi-
nierender, Planet. Sie konnten den schwarzen Schatten des
Planeten auf der roten Mondoberfläche unaufhaltsam näher
kriechen sehen. Er waren Gebirge zu erkennen, doch nir-
gendwo ein Anzeichen von Tieren oder Pflanzen. Mit einem
letzten Aufblitzen bäumte sich die Sonne gegen ihr Ver-

schwinden auf. Schließlich wurden die vier Menschen und die Mondoberfläche in Dunkelheit gehüllt. Die Taggrenze auf dem Wüstenboden entfernte sich unaufhaltsam von ihnen. Suri hatte das Gefühl die Kälte durch den Raumanzug spüren zu können, die sich nun draußen ausbreitete. Der weiter entfernt liegende Doppelstern war noch eine ganze Weile zu sehen, spendete aber nicht genug Licht, um die Nacht zu verhindern.

»Lasst uns reingehen«, entschied Suri.

»Ja«, entgegnete Jake, »der Wind nimmt auch stetig zu. Es scheint sich ein Sturm anzubahnen.«

In diesem Moment erhellte ein Blitz die Mondlandschaft. Es war nur ein Sekundenbruchteil. Doch die Menschen auf dem fremden Himmelskörper zuckten überrascht zusammen. Der Blitz formierte sich über den antennenartigen Türmen des bizarren Bauwerks zu einem breiten blauen Strahl, der wie ein Schwert senkrecht in den Himmel stach. Die vier Raumfahrer setzten sich wieder in Bewegung. Die Intensität des Lichtstrahls wurde schwächer, je näher sie dem offensichtlichen Eingang der Sendestation kamen.

»Was ist das?«, fragte Jake.

»Keine Ahnung. Vielleicht das Signal, das Ted geknackt hat«, meinte Suri nachdenklich.

Dann lag die Station wieder dunkel vor ihnen. Kein Lichtschein mehr, weder von außen, noch von innen. Sie wirkte tot. Suri trat unwillkürlich näher an Roary heran und suchte seine Hand. Er lächelt sie durch das Visier an und ergriff sie.

»Du hattest Recht, so eine Sonnenfinsternis ist faszinierend.«

Sie erwiderte sein Lächeln. »Nur das Ende sehen wir leider nicht. Denn ich habe nicht vor, hier zehn Tage zu verweilen.«

»Ich auch nicht.«

Durch eine Schleuse betraten sie die Station. Drinnen war es dämmrig. Alles ging automatisch. Der Druck- und Gasausgleich wurde durchgeführt. Denise öffnete als erste den Verschluss des Helms. Die Anderen taten es ihr gleich. Dann traten sie durch die Schleusentür in die große Halle. Suri schaltete einen kleinen Halogenstrahler, der im Schultersegment ihres Anzugs integriert war, ein. Der Lichtkegel erhellte einen glatten grauen Boden. Wände und Decke blieben im Dunkel. Ihre Schritte hallten, wie in einem Dom und ließen die Größe des Komplexes nur erahnen.

»Hallo!« Mehrfache Echos antworteten Denise. »Ted?« Ihrer Stimme konnten sie eine aufkeimende Panik anhören.

»Lass gut, sein. Wir werden ihn schon finden«, war Suris ruhige Antwort.

Ein schwefeliger Geruch lag in der Luft und machte das Atmen anstrengend. Ihre Augen versuchten die Dunkelheit zu durchbohren. Die kleinen Anzugstrahler waren zu schwach, um mehr als den Boden vor ihren Füßen zu beleuchten. Ihre Schritte hallten wie Herzschläge. Ein unregelmäßiger Rhythmus. Der Herzschlag eines Sterbenden.

Endlich erreichten sie eine Wand. Jake und Roary tasteten sie nach einer Öffnung ab. Ihre Handschuhe glitten kaum hörbar über das kalte Metall. Suri und Denis versuchten sie mit ihren Strahlern zu erhellen.

»Ich glaube, hier ist was.« Jakes Finger ertasteten einen Spalt. Möglicherweise hatte er dabei einen Mechanismus ausgelöst, denn ein pneumatisches Zischen kündigte eine Bewegung an. Die vier traten unwillkürlich ein paar Schritte zurück. Mit metallenem Kratzen schob sich eine riesige Tür auf. Ein grelles Licht blendete sie. Es ergoss sich wie ein Schwall flüssiger Lava in die Halle. Beleuchtete dennoch nicht die Decke oder gegenüberliegende Wände. Für einen Moment waren sie blind.

»Die Energieversorgung scheint noch intakt.« Suri schaltete ihren Strahler aus, schirmte die Augen mit der Hand gegen das blendende Weiß ab und trat vorsichtig in den Raum. Roary war neben ihr, hatte aus Reflex die Pistole gezogen und sicherte den Raum nach Polizeiart. Als sich schließlich die Augen an die Helligkeit gewöhnt hatten, wurden Schemen der Umgebung deutlicher: Schaltanlagen, Monitore, Apparaturen, deren Sinn sich ihnen nicht erschloss und …

… und ein Mensch, der reglos mit dem Rücken zu ihnen auf einem Gestell saß, das an einen Barhocker erinnerte. Seine Aufmerksamkeit schien den Armaturen gewidmet.

»Ted!« Denise war erleichtert. Doch die Person reagierte nicht auf den Ruf. Zuerst sahen sich die vier Eingetretenen unschlüssig an. Dann fing Denise an zu kreischen und wollte nach vorn stürmen. »Ted! Ted!«

Jake hielt sie gewaltsam zurück. »Ganz ruhig, Denise. Keine unüberlegten Aktionen. Wir müssen erst prüfen, ob Gefahr besteht.«

In Suri keimte eine Ahnung auf und sie musste schlucken.

»Denise und Jake, ihr wartet hier! Roary komm mit!«

Langsam näherten sie sich dem leblosen Körpern. Ein fauliger Geruch breitete sich aus. Suri hielt sich angewidert die Hand vor den Mund. Dann konnte sie Ted von der Seite betrachten. Er war eindeutig tot. Der Verwesungsprozess hatte schon seit geraumer Zeit eingesetzt.

»Denise, du bleibst wo du bist!«, befahl Suri in militärischem Ton. Als sie den verwesten Körper ihres Bordingenieurs genauer betrachtete, erbrach sie sich plötzlich.

Roary legte die Pistole auf das Pult und schob die Kommandantin ein Stück zurück. Dann betrachtete er die Szene als Polizist, der einen Tatort untersuchte. Ted saß an einem Pult übersät mit unbekannten Symbolen. Die Oberfläche glänzte wie Glas. Vielleicht waren es Sensortasten. Sein rechter Arm steckte in einer aufgeklappten Öffnung und war stark verkohlt. Seine Finger waren um weiße schillernde Bänder gekrallt, wahrscheinlich Kabel zur Energieübertragung.

»Bleibt zurück«, kommandierte Roary.

Ein leises Schluchzen von Denise war zu hören.

»Es sieht so aus, als hätte er einen Stromschlag erlitten.« Suri hatte ihre Fassung wieder erlangt.

In dem Moment trat Denise Jake, der sie immer noch umklammerte, gegen das Schienbein. Er gab sie mit einem Schmerzensschrei frei und sie jagte zu dem Toten. Als sie Ted sah, den man nur noch am Namensschild seines Anzugs erkennen konnte, und den Verwesungsgeruch wahr nahm, begann sie hysterisch zu kreischen. Sie war so außer sich, dass keiner es wagte, ihr zu nahe zu treten. Ihre Augen quollen hervor und ihr Gesicht war verzerrt.

Suri spürte die Verzweiflung ihrer Technikerin, sah wie ihre Augen die auf dem Pult abgelegte Waffe fixierten. Sie war unfähig sich zu bewegen, doch ihr wurde klar, dass Denis den Gegenstand registrierte und als einzigen Ausweg einordnete. Die Technikerin hechtete darauf zu, packte die Waffe und setzte ihrem Leben mit einem gezielten Kopfschuss ein Ende. Eine rote Wolke nebelte die Kommandantin ein, die, gelähmt von all der Grausamkeit, geschockt daneben stand.

»Oh Gott!«, kreischte Suri, durch den Knall aus ihrer Lethargie gerissen. Roary drückte die zitternde Frau fest an sich, um sie zu beruhigen. Suri schloss die Augen und versuchte ruhig zu atmen.

Jetzt nur nicht durchdrehen!, hämmerte es in ihrem Kopf. *Nur nicht durchdrehen!*

Jake war jetzt auch näher herangetreten.

»Was geht hier vor?«, hörte Suri ihn fragen, »Wurde er von irgendwas oder –wem getötet?«

Roary drehte sich nicht zu ihm um, sondern blickte Suri an. »Er scheint die Hand absichtlich da hineingesteckt zu haben. Möglicherweise ein Unfall. Ich glaube aber eher, es war Suizid.«

»Was?« Suri hatte ihre Stimme wieder. »Aber wieso?«

Roary ließ sie los, holte Wasser aus seinem Rucksack und begann ihr das Blut und die anderen Überreste von Denise Schädel aus dem Gesicht zu wischen. Suri hatte einen metallenen Geschmack im Mund und musste wieder mit dem Brechreiz kämpfen.

»Keine Ahnung…«, antwortete Roary und reichte ihr die Wasserflasche. Sie spülte sich Denise aus ihrem Mund und trank einige Schlucke, um ihren Magen zu beruhigen. Es wirkte.

»… aber«, sprach er weiter, »ich sehe keine Anzeichen von Kampf. Er ist nicht gefesselt und wirkt – auf den ersten Blick – nicht misshandelt.«

»Aber warum sollte er sich umbringen? Was kann ihn dazu getrieben haben?«, fragte Suri.

Roary zuckte mit den Schultern. »Selbstmord ist immer eine Reaktion darauf, wenn man keinen Ausweg findet.«

»Also fühlte er sich verlassen. Ich habe demnach doch zu lange mit der Rückkehr gezögert. Lasst uns hier verschwinden«, flüsterte die Kommandantin müde und drehte sich zum Gehen um.

»Nein!« Jake schlug mit der Faust auf das Pult. »Soll alles umsonst gewesen sein? Nein! Ich will wissen, was das verdammte Ding sendet! Ich will wissen, warum er sich umgebracht hat!« Er begann wild auf dem Pult herum zu hämmern. Schnappte sich die Pistole und ballerte wie von Sinnen im Raum umher. Suri wurde von Roary auf den Boden geworfen.

»Ich will eine Antwort!«, brüllte Jake wieder und das Echo hallte noch lange in dem gigantischen Komplex nach. Dann wurde es schlagartig schwarz. Er musste das Bedienfeld der Beleuchtung getroffen haben. Die Drei befanden sich nun in völliger Finsternis. Roary nutzte die Gelegenheit und stürzte sich auf den Co-Piloten. Er entwand ihm die Waffe.

»Sind denn alle plötzlich verrückt geworden?«

Jake antwortete nichts und blieb resigniert liegen. Ein paar beklemmende Atemzüge später durchdrang ein schwaches blaues Licht den Raum. Es kam aus der großen Halle.

»Lasst uns nachsehen, was das ist!« Suri bewegte sich entschlossen, aber vorsichtig in Richtung Ausgang. Roary zog Jake auf die Beine und die beiden Männer folgten ihr.

Die gewaltige kuppelartige Halle lag immer noch in undurchdringlicher Dunkelheit vor ihnen. Die Wände waren nicht zu erkennen. Nur in der vermutlichen Mitte stand, wie eine gläserne fünf Meter im Durchmesser messende Säule, ein bläulicher Lichtstrahl vor ihnen. Er ergoss sich vom Boden aus unzähligen winzigen Öffnungen bis in die Kuppel des Bauwerkes.

»Was ist das?« flüsterte Jake.

Suri schüttelte den Kopf: »Ich weiß es nicht.«

»Lasst uns hier verschwinden«, meinte Roary ruhig. »Ich giere nicht nach Antworten. Ich will nur lebend hier rauskommen.«

In diesem Augenblick ging ein Flackern durch den Strahl. Es begann zu rauschen und zu knistern, als wolle jemand ein altes Transistorradio einstellen. Das Geräusch schwoll an und erfüllte den Raum. Dann formierten sich die Schallwellen zu einem Ton. Er wurde reiner und klarer und …

… zu einer fast menschlich klingenden Stimme:

»Wir danken euch«, sagte die weibliche Stimme freundlich.

In dem Strahl erschien Suris Körper, wie eine Marmorstatue. Die Figur wirkte leblos und drehte sich langsam um die Hochachse. Suris Stimme kreischte »Oh, Gott!« durch die Halle. Es war eine Aufzeichnung von vorhin.

»Suri Kaliskan, Kommandantin der E.S.S. Tynwald″, erläuterte die Frauenstimme. Es flackerte und ein anderer Körper formte sich.

»Jake Sullivan, Techniker und Co-Pilot«, war die Erklärung während Jakes Stimme »Ich will Antworten!« schrie.

So stellte die körperlose Stimme noch Denise und Ted vor. Bei letzterem hörten sie:

»Was hab ich getan? Ich muss das abschalten!«

Die Drei sahen sich überrascht an.

»Also doch kein Suizid«, murmelte Suri.

Zu Roarys Abbild kommentierte die freundliche Stimme »Garry van Basten, verurteilter Serienmörder«.

Roary lachte kurz auf. »Computer«, war seine lapidare Antwort auf den offensichtlichen Datenfehler. Passender Weise echote sein Satz »Sind denn alle plötzlich verrückt geworden?« durch den Raum.

»E.S.S. Tynwald, Erzfrachter, Bruttoraumzahl 2.448.000«, erklärte die Stimme weiter. Dazu erschien ein dreidimensionales Abbild der Tynwald. Sie wurde kleiner und der Mond von PH1 schob sich seitlich in den Strahl. Der

Raumfrachter nahm eine Kreisbahn um den Mond ein. Auf der Mondoberfläche wuchs eine maßstäblich inkorrekte Darstellung der Station, in der sie sich gerade befanden. Ein Strahl ging davon aus und traf die Tynwald. Das Raumschiff wurde von dem blauen Licht ummantelt. Einige Sekunden später erlosch der Strahl wieder, doch das Schiff fluoreszierte immer noch blau.

»Wir danken euch, für die Informationen.«

Suris Mund öffnete sich wie von selbst:

»Wieso sprecht ihr unsere Sprache?«

»Danke für diese Frage. – Ich lernte sie soeben aus der Datenbank eures Raumfahrzeugs.«

»Wer bist du?« Jakes Stimme hallte von den unsichtbaren Wänden des Komplexes wider.

»Die elektronische Steuereinheit dieser Sendestation«, war die Antwort. Diese Stimme hallte seltsamer Weise nicht.

»Was sendest du?«, fragte nun Roary.

»Zunächst sende ich ein Locksignal, um eine moderne Zivilisation zur Landung auf diesem Trabanten zu veranlassen. Ich nutze eure natureigene Neugier und euren Ehrgeiz. Da sind sich die von mir bis jetzt benutzten Zivilisationen gleich. Ihr wollt unbedingt das Signal entschlüsseln. Durch euer Einwirken werde ich reaktiviert. Vielen Dank. Somit kann ich jedes Mal aufs Neue meinen Auftrag ausführen.«

»Was ist dein Auftrag?«, fragte Suri.

Die Drei standen vor der Lichtsäule und blickte nach oben in sie hinein, als erwarteten sie dort den Sitz des Bewusstseins dieser Station.

»Informationen beschaffen, auswerten, weiterleiten und potentielle Bahnweiser markieren.«

»Was für Informationen?«

»Die Biowerte eures Planeten.«

»Ich habe ein schlechtes Gefühl«, murmelte Jake.

»Ich auch«, flüsterte Suri.

»Danke für eure Zusammenarbeit.«, erfüllte es wieder den Raum.

»Was sind Bahnweiser?«, fragte jetzt Roary.

»Raumfahrtzeuge, die uns den Weg zu unserem neuen Planeten weisen, damit wir ihn besiedeln können.«

Jetzt starrten die Drei mit offenen Mündern in den Strahl und beobachteten, wie die fluoreszierende Tynwald durch das Universum flog. Dann schwenkte sie in die Umlaufbahn eines Planeten ein – vermutlich die Erde. Vom Rand des Strahls ergossen sich nun unzählige kugelartige Gebilde und umringten den Planeten. Eines der Gebilde schoss einen kurzen Strahl auf die Tynwald ab und der Frachter verschwand.

»Meine Erbauer benötigen in regelmäßigen Intervallen einen neuen Planeten zum Besiedeln. Aus diesem Grund haben sie Sendestationen in dem uns bekannten Universum errichtet.«

»Soll das heißen, dass ihr die Erde für euch wollt?« Suri war außer sich.

»Aber …« Jake wischte sich den Schweiß von der Stirn, obwohl es kühl war. »… was soll dann aus den Menschen werden?«

»Danke, dass ihr uns mit eurem Schiff den Weg weist«, antwortete die Stimme mit beängstigender emotionsloser Freundlichkeit.

»Was soll das bedeuten?« Roary stierte in den nun wieder flackernden Strahl.

Suri schloss die Augen. Sie versuchte das alles zu begreifen. »Ich denke, sie haben die Tynwald irgendwie markiert und wollen, dass wir sie damit zur Erde führen.«

»Das können wir nicht zulassen«, brüllte Jake.

»Nein«, entgegnete Suri, »Lasst uns mit dem Shuttle zur Tynwald zurück fliegen und prüfen, ob wir diese Markierung entfernen können.«

Roary riss sich von dem ersterbenden Strahl los. »Ja, lasst uns zurückfliegen. Wir müssen das verhindern.«

Sie rannten durch die wieder in Dunkelheit versinkende Halle.

»Danke für eure Information«, knisterte es hinter ihnen her. Der Strahl begann heftig zu flackern. Fast wie ein optisches Lachen.

Außer Atem erreichten sie die Schleuse wieder, wo sie die Helme und Sauerstoffbehälter zurückgelassen hatten. Kleine Leuchtsignale an der Innenseite der Schleuse hatten sie durch die Finsternis zu ihr geführt. Vielleicht war das sogar beabsichtigt. Die Anzugstrahler hatten sie in der Aufregung völlig vergessen. Diesmal ging nichts automatisch. Der ersterbende Strahl in der Halle erzeugte einen beklemmenden Stroboskopeffekt. Suri hatte das Gefühl, ihr Herzschlag wolle sich der Lichtfrequenz anpassen. Sie ging in die Knie und rang nach Luft, während sie verzweifelt versuchte, den Helm einzuklinken.

Was sollen wir tun? Können wir überhaupt etwas tun?, fragte sie sich. *Können wir je wieder zur Erde, nach Hause zurück?*«

Roary suchte derweil nach einem Schalter oder etwas von der Art, um die Schleuse zu schließen. Er tastete hecktisch die Wände ab. Doch es war nichts zu finden. Jake hantierte mit seinem Helm herum und beobachtete den aufgeregt umher wirbelnden Mann.

»Verflucht, wie kann man das schließen!«

In diesem Moment glitt die Schleusentür zischend zu und sperrte das Flackern des Strahls aus. Die Drei verriegelten ihre Helme und brachten die Sauerstoffversorgung in Gang, dann blickten sie erwartungsvoll auf die gegenüberliegende Tür. Sie mussten sich zwingen, nicht zu hyperventilieren. Panik hatte sie erfüllt. Nach einer gefühlten Ewigkeit gab die Station den Weg auf die Mondoberfläche frei. Draußen fegte ein Sturm über die wüstenartige Landschaft. Das Heulen war bis in ihre Helme zu hören. Wie ein Todesschrei bohrte es sich in Suris Ohren. Aufgewirbelter Staub erschwerte die Sicht. Als sich die Schleuse hinter ihnen schloss, wurden sie von der totalen Sonnenfinsternis empfangen. Jake sah, wie Roary Suris Hand ergriff und das tat ihm plötzlich weh. Er blickte weg und versuchte sich darauf zu konzentrieren, durch das aufgewirbelte Sediment den Shuttle zu erkennen. Sie stolperten dem Lichtkegel ihrer Anzugscheinwerfer folgend durch die Dunkelheit.

»Wir müssen dem ein Ende setzen!«, keuchte die Kommandantin. Ab und zu blickte sie sich ängstlich um, als ob sie verfolgt würden.

»Ja!«, hörte sie Jakes Stimme durchs Intercom, »Was für Möglichkeiten haben wir?«

»Habt ihr vielleicht Sprengstoff geladen?«, fragte Roary während sie weiterhetzten.

»Nein. Erze«, antwortete Jake schon außer Atem. »Aber der Reaktor. Wenn wir die Tynwald …« Er sprach nicht weiter, da ihm der Gedanke plötzlich selbst absurd vorkam. Es würde bedeuten, dass sie nie wieder zurück könnten.

Endlich erreichten sie den Pendler, öffneten hecktisch die Luke und stiegen ein. Binnen Minuten heulten die Triebwerke auf. Suri blickte ihren Co-Piloten an.

»Du hast Recht, Jake! Wir haben nur eine Möglichkeit. Wir dürfen jetzt nicht an uns denken. Die Existenz der gesamten Menschheit steht auf dem Spiel.«

»Das Blöde ist nur«, grinste Roary, »dass nie ein Mensch erfahren wird, dass wir die Menschheit gerettet haben.«

»Ja, zu dumm«, antwortete Jake, »keine Plätze oder Straßen, die nach uns benannt werden.«

Suri versuchte den Shuttle ins All zu steuern. Doch es war fast so, als ob eine unsichtbare Macht an ihm zerrte und ihn im Schwerefeld des Mondes festhielt. Ihn nicht entkommen lassen wollte. Auf den Anzeigen konnte sie den Kurs der Tynwald verfolgen. Selbst, wenn sie jetzt noch eingreifen wollten, wäre das Unvermeidliche nicht mehr zu stoppen. Die Bahn war über den Shuttle-Computer modifiziert worden. Es gab kein Zurück mehr. Sie hatten überlegt, ein Warnsignal ins All zu senden. Doch sie verwarfen diese Idee wieder, denn so ein Signal konnte von Neuem die Neugier einer Zivilisation wecken ...

Die Männer überprüften im hinteren Teil des Raumpendlers die Ressourcen, die ihnen noch zur Verfügung standen, um eine Weile zu überleben. Roary kam zurück und stellte sich hinter Suri.

»Wo ist Jake?«, fragte sie.

»Er überprüft noch die Wasseraufbereitung.«

»Mit dem Shuttle haben wir kaum eine Überlebenschance.«

»Ich weiß. ...«

In diesem Moment schrillte ein Signalton durch das Fahrzeug. Warnleuchten blinkten auf. Suri stierte auf die Anzeigen.

»Der Kohlendioxidwert steigt an. Jemand manipuliert an den Lebenserhaltungssystemen!«

Sie blickte verwirrt auf die Anzeigen und tippte auf der Tastatur herum. Bilder der Shuttle-Innenräume erschienen. Sie klickte sie durch und blieb an einem Bild hängen: Jake hantierte an der Luftaufbereitung herum. Er blickte hoch in die Kamera. Panik im Blick.

»Was geht hier vor?« Kam seine Stimme aus den Lautsprechern.

»Ich glaube diese Sendestation hat nicht vor, uns entkommen zu lassen«, antwortete Roary in das Mikrofon.

»Ich werde das nicht zulassen …« Jake wühlte in einem Gewirr von Kabeln herum. Plötzlich schrie er auf und sie sahen, wie er zu Boden fiel. Das Licht flackerte, bis der Spannungsüberschuss des Kurzschlusses abgebaut war.

»Ich kann nichts machen.« Suri gab es auf, die Tastatur zu bearbeiten. »Wir werden langsam ersticken.«

Roary stand hinter ihr und hatte die Hände liebevoll auf ihre Schultern gelegt. Er küsste sie zärtlich in den Nacken.

»Ich will hier nicht in Zeitlupe krepieren«, flüsterte die Frau.

Er zog die Waffe und untersuchte das Magazin. »Nur noch ein Projektil übrig. Jake hat vorhin ganze Arbeit geleistet. Theoretisch könnte es uns beide töten. Doch einer von uns könnte auch nur verletzt werden und dann trotzdem qualvoll auf sein Ende warten müssen.«

Suri drehte sich zu ihm um, stand auf und blickte ihm tief in Augen.

»Ich hätte gern mehr Zeit mit dir verbracht.«

»Ich auch.«

Er begann sie zu küssen. Dann blickte er in ihre Augen.

»Ich kann einen Menschen mit bloßen Händen töten«, flüsterte er, »Vertrau mir! Es wird schnell gehen und du wirst nichts spüren.« Er drückte ihr die Waffe in die Hand, legte ihren Finger um den Abzug und drückte sich den Lauf gegen das Brustbein. Suri ließ es geschehen.

»Bleib ganz locker. Den Rest erledigen deine Reflexe.«

Er packte ihren Kopf mit beiden Händen und ihre Augen füllten sich mit Tränen. Er begann sie zärtlich zu küssen und stierte dabei auf die Anzeigen. Sie spürte, wie er mit sich rang.

»Es wird nicht weh tun.« Seine Stimme versagte.

Sie wusste, dass es keinen Ausweg für sie gab. Es gab kein Entkommen, für niemanden von ihnen. Ihr Blick fixierte die Kohlendioxidanzeige. Sie stieg langsam genug für einen qualvollen Tod. Dann schloss sie die Augen und ließ sich von dem Mann, den sie liebte in Trance küssen. Ihre Hände drückten ihm die Pistole gegen das Brustbein. Seine pressten sich auf ihre Schläfen. Unerwartet riss er ihren Kopf zur Seite. In der Millisekunde, als sie das Knacken ihres zerberstenden Genicks hörte, sah sie auf dem Monitor, wie die Tynwald ihr Ziel erreichte. Ihre Reflexe reagierten, wie versprochen. Der Finger krümmte sich um den Abzug. Das Projektil zerfetzte Roarys Brust und beide fielen eng umschlungen auf den blanken Boden.

Der Computer des Shuttles zeichnete auf, wie die Tynwald in die Sendestation raste. Ihr Reaktor löste in Sekundenbruchteilen die geplante Kettenreaktion aus. Die Plasmawelle verwandelte ein riesiges Gebiet auf dem PH1-Mond in eine Staubwolke, die sich kuppelförmig ausbreitete und einen gigantischen Partikelsturm ins Universum schleuderte. In diesem Moment war der Shuttle frei und torkelte auf eine unkontrollierte Bahn.

Der Computer errechnete die Schwankungen und löste Alarm aus. Als nach vorgegebener Wartezeit keine Eingabe der humanoiden Crew erfolgte, schaltete er auf automatische Navigation um. Scannte die Umgebung und berechnete einen Kurs, der den Shuttle auf einen stabilen Waitingloop brachte, wo er von elektronischer Geduld getrieben auf Anweisungen wartete. Der automatische Logbucheintrag wurde verfasst:

```
Logbuch E.S.S. Tynwald
Borddatum 2342-04-23
Bordzeit 00:05
Mutterschiff terminiert. Unbekannte
Sendestation terminiert. Signal abgeschaltet.
Stabile lemniskatische Bahn um das zweifache
Doppelzentralgestirn-System berechnet und
durchgeführt. Kohlenstoffdioxidwert reduziert
und stabilisiert. Keine Lebenszeichen an
Bord. Schalte in Stand-by-Modus.
Tynwald
Main System Config.sys Error
Subsystem1
Stand by
```

Der Shuttle schwenkte in die berechnete Bahn ein, die eine liegende Acht um das Sonnensystem darstellte – das Zeichen für Unendlichkeit.

DAS TROJANER-PROJEKT

Ich blicke auf die Sterne. Ja, die Rettungskapsel hat wirklich ein Fenster, allen Sparmaßnahmen zum Trotz. Das ist auch gut so. Denn im Moment kann ich nichts weiter tun, als ins All blicken und auf Rettung hoffen. Ich sehe die Erde nicht. Sie ist zu weit weg. Den Asteroiden kann ich nicht mehr erkennen. Dafür bin ich schon zu lange unterwegs. Aber die Sonne kommt hin und wieder in mein Blickfeld getrudelt. Meine Kapsel schlingert auf instabiler Bahn Richtung Erde. Hoffe ich. – Hoffnung. Das ist alles, was mir bleibt. Doch die Hoffnung schwindet. Die Vorräte werden knapp. Der Computer hat mir eine weitere Überlebenschance von drei Tagen berechnet. Ich versuche, nicht weiter darüber nachzudenken. Doch das ist schwer, denn alles, was ich hier tun kann, ist denken. Der Kopf lässt sich nicht ausschalten.

Plötzlich kommt mir eine Idee. Ich durchsuche die Rettungs-kapsel und werde fündig: Papier und Bleistift! Kaum zu glauben, dass es hier so etwas gibt. Aber jedes Raumschiff hat eine Memory-Box an Bord. Sie soll die Raumfahrer an das erinnern, für was sie hier draußen sind: Für die Erde. Für die Menschen. Hatte ich das vergessen?

Diese Memory-Box wird immer in eine der Rettungskapseln deponiert. Darin sind ganz banale Dinge: Steine, Muscheln, getrocknete Blätter, Fotos, eine analoge Uhr, ein Buch, und noch so allerlei und eben ein Block und ein Bleistift mit Anspitzer. Ich glaube, ich habe seit meiner Kindheit keinen Bleistift mehr in den Händen gehalten. Ein schönes Gefühl. Also beginne ich zu schreiben. Vielleicht wird das Geschriebene irgendwann gefunden, wenn ich schon längst tot bin. Dann ist das hier wie so eine Art Flaschenpost. Ja, ich treibe in einer Flaschenpost durchs All.

»Das ist Dr. Peggy Lagrange«, stellte der Projektleiter die Frau vor. »Sie ist unsere Medizinerin.«

Die zwei Männer und zwei Frauen grinsten sie belustigt an.

»Ja, ich weiß, der Name. Und nein, ich bin nicht mit Joseph-Louis Lagrange verwandt«, antwortete sie auf die nicht gestellte Frage.

Manchmal ist das Leben schon seltsam. Sie war im Begriff sich auf den Weg zum Lagrange-Punkt L4 des Sonne-Erde-Systems zu machen und trug den Namen des Entdeckers dieser Punkte. Dabei hatte sie selbst nicht den geringsten Schimmer, was so ein Lagrange-Punkt ist. Sie war nur als Ärztin hier. Alles was sie wusste, war, dass sie zu einem Asteroiden flogen und dass es um Rohstoffe für die Erde ging.

Nie im Leben hätte sie sich für so ein Projekt gemeldet. Doch vor einem Monat ist Joseph – ihr Mann – gestorben, an Krebs. Ja, es gibt ihn immer noch. Immer wieder neue Arten. Kaum hatte man ein Heilmittel gegen eine Art entwickelt, tauchte eine neue auf. Wie eine Verschwörung. *Er* sollte eigentlich auf diesem Flug sein. Doch nun war sie es – die 2. Wahl.

Jemand drückte ihr die Hand und riss sie so aus ihren Gedanken.

»Metallurge.«

Der Mann grinste sie breit, aber freundlich an. Er merkte, dass sie nicht verstand, da sie offensichtlich mit ihren Gedanken woanders war.

»Hayden Chris – ich bin der Metallurge. Einer, der sich mit Metallen auskennt«, versuchte er es noch einmal.

Peggy lächelte verlegen und fühlte sich ertappt.

»Okay, Hayden, ich verstehe.« Sie gab ihm die Hand.

Alle stellten sich nun kurz vor. Der Leiter des Projekts war Steven Kralowski. Er war Manager bei der Asteroid Mining Company, die diese Mission hauptsächlich finanzierte. Der Flugleiter und Pilot war Thomas Kellermann. Seine Co-Pilotin und Navigatorin hieß Pia Strauss. Beide hatten schon viele Raumflüge zu den erdnahen Raumstationen und den Mondbasen hinter sich. Und dann gab es noch die Montanwissenschaftlerin Anne Robinson.

»Was ist das: Montanwissenschaft?«, fragte Peggy.

Die blonde Frau sah sie amüsiert an.

»Bergbau. Ich bin Bergbauingenieurin.«

Die Ärztin war verblüfft. Die blonde Frau sah eher wie ein Model aus, nicht wie ein Bergmann.

Peggy Lagrange kam sich ein bisschen verloren vor. Alle waren ein eingeschworenes Team, das sich seit Monaten zusammen auf diese Mission vorbereitet hatte. Sie war jetzt in letzter Sekunde dazu gestoßen. Hatte sich eigentlich nur überreden lassen, um dem Schmerz zu entfliehen. Nun bereute sie es ein wenig. Doch viel Zeit hatte sie nicht. Ihnen blieben drei Tage, um sich hier auf der Mondbasis 3 zu beschnuppern. Dann erfolgte der Start Richtung 2047 JK 3. Dies war der Asteroid, den sie wegen seiner Zusammensetzung untersuchen sollten.

Drei Tage später blickte sie aus dem Fenster des Raumschiffs, das sie zu diesem Trojaner bringen sollte. Peggy beobachtete die sich entfernende Mondoberfläche. Die Krater waren deutlich zu erkennen. Auf der Rückseite, die sie nun passierten, waren sie weniger ausgeprägt. Es gab nicht die großen »Meere«. Aber sie konnte die Mondbasis 2 erkennen. Ein wabenförmiges Gebilde. In sechs Ecken und in der Mitte gab es Kuppelmodule, die durch Tunnel miteinander verbunden waren. Nun drehte der Raumgleiter und die Schwärze des Alls umgab sie.

Der Flug würde drei Monate mit dem neuen Impulsantrieb dauern. Eine elliptische Bahn brachte sie von Mond und Erde weg und dann durch die Anziehungskraft der Sonne wieder auf die Erdbahn zurück, wo der Trojaner den L4-Punkt auf einer nierenförmigen Bahn umkreiste. Dieser metallhaltige Felsbrocken der Kategorie *M-Asteroiden* schraubte sich praktisch wie auf einer Spirale vor der Erde her. Ein ständiger Begleiter. Aber er hatte nur einen geringen Durchmesser von ungefähr eintausend Metern.

Steven Kralowski kam in das Kommandomodul geschwebt.

»Machen Sie sich bitte alle bereit zum Einschalten der künstlichen Gravitation«, ordnete er an. Die drei übrigen Anwesenden suchten sich einen Haltepunkt und dann ging das Kommando an die Piloten weiter.

Auf der gesamten Längsseite des Raumschiffs waren supraleitende Scheiben aus dem Metall Niob installiert. Wenn man dieses Metall auf minus 264 Grad Celsius abkühlt, kann es Strom widerstandslos leiten. Mit der Energie aus dem Reaktor im hinteren Teil des Schiffs, werden diese Supraleiter auf zigtausend Umdrehungen pro Minute beschleunigt und erzeugen so – entgegen der Einsteinschen Relativitätstheorie – masseunabhängige Gravitation.

Die Co-Pilotin zählte durch die Sprechanlage den Countdown.

»5 – 4 – 3 – 2 – 1 – 0!«

Die vier Menschen klatschten urplötzlich auf den Boden. Doch keiner hatte sich verletzt. Wenig später kamen auch die zwei Piloten ins Kommandomodul.

»Okay«, begann Peggy, »da ich so spät zum Team dazugekommen bin, hätte ich noch eine Fragen zur Mission.«

»Dann fragen Sie, Dr. Lagrange«, entgegnete Kralowski.

»Peggy«, verbesserte sie ihn.

»Gut, Peggy«, lächelte er. »Was möchten Sie wissen?«

»Zuerst einmal ist mir das mit den Lagrange-Punkten noch unklar.«

»Das kann Ihnen bestimmt unser Flugleiter Thomas am besten erklären.«

Thomas Kellermann räusperte sich. Er war zwar ein ausgezeichneter Astronaut, doch Vorträge halten, war ihm ein Gräuel.

»Also«, er suchte nach den geeigneten Worten. »Von diesen Punkten gibt es in einem System von zwei sich gegenseitig anziehenden Körpern immer fünf. Dort halten sich alle Kräfte die Waage.«

»Das Sonne-Erde-System ist so ein System«, warf die Co-Pilotin Pia ein.

»Genau«, bestätigte Thomas. »Diese Punkte wurden durch den Mathematiker Joseph-Louis Lagrange im 18. Jahrhundert entdeckt, obwohl er von Raumfahrt da noch keine Ahnung hatte. Er beschäftigte sich mit dem Dreikörperproblem, setzte die Masse eines der Körper auf nahezu null und fand diese Punkte, die uns heute einiges bedeuten. Man nennt sie L1 bis L5.«

»Okay, wow.« Peggy verdrehte die Augen. »Das ist mir schon wieder etwas zu hoch.«

»Entschuldigung. Wichtig ist noch, wo die Punkte liegen«, fuhr Thomas fort. »Also L1 bis L3 liegen auf einer Linie, die durch Erde und Sonne gezogen wird. L1 liegt von der Erde aus gesehen ungefähr 1,5 Millionen Kilometer Richtung Sonne. Dort werden Sonnenbeobachtungssatelliten geparkt. L2 liegt in gleicher Entfernung auf der anderen Seite der Erde. Von dort aus beobachtet seit Jahren das große James Webb Space Telescope das Weltall. L3 befindet sich mehr als 300 Millionen Kilometer von der Erde aus hinter der Sonne. Interessant für uns sind die Punkte L4 und L5. Sie liegen auf der Erdumlaufbahn und bilden jeder für sich mit Sonne und Erde ein gleichseitiges Dreieck. Dort kreisen kleine Gesteinsbrocken auf seltsamen Bahnen herum. – Asteroiden. Man nennt sie Trojaner.«

»Wieso seltsam?«, fragte jetzt die Montanwissenschaftlerin.

Diesmal antwortete die Co-Pilotin: »Nun, sie umkreisen den Lagrange-Punkt nicht auf einer Kreis- oder Ellipsenbahn, sondern auf einer nierenförmigen Bahn. Und da der Punkt sich mit der Erde um die Sonne bewegt, ist die Bahn der Asteroiden spiralförmig.«

Jetzt mischte sich der Projektleiter wieder ein.

»Vielleicht ist noch interessant, dass es nur wenige Erdtrojaner gibt und sie relativ spät entdeckt wurden. Den ersten entdeckte man 2011 und er wurde 2010 TK7 genannt. Mit seinen dreihundert Metern Durchmesser eher klein.

Danach entdeckte man noch einige. Einer davon ist unser Ziel. Ungeklärt ist noch, warum sie ausschließlich in L4 zu finden sind. Man hat noch keinen Erdtrojaner gefunden, der um L5 kreist.«

»Und was erhoffen Sie sich, auf ihm zu finden?«, fragte Peggy Lagrange weiter.

»Das kann Ihnen am besten Hayden erklären«, meinte Kralowski.

Der Angesprochene tippte etwas in einen Computer und auf dem Monitor erschien eine stark gezackte Linie.

»Kommen Sie, Peggy. Hier kann ich Ihnen das besser erklären.« Hayden legte einen Arm um ihre Schulter und führte sie zum Monitor. Ganz nebenbei drückte sie seinen aufdringlichen Arm weg. Sie setzte sich auf einen Hocker und der Mann beugte sich von hinten über sie. Sie spürte seinen Atem auf ihrer Schulter. Er zeigte mit dem Finger auf die verschiedenen Zacken einer Linie.

»Das ist eine Spektralanalyse des Trojaners. Daraus kann man erkennen, dass er vollgestopft ist mit Edelmetallen wie Platin, Gold aber auch Titan. Und hier sind Hinweise auf seltene Erden.«

»Was ist das denn? Erde?«

»Eigentlich nicht wirklich. Es sind seltene Metalle, wie Yttrium, Ytterbium, Terbium, Erbium, Gadolinium und so weiter. Sie werden für die Herstellung aller modernen Dinge gebraucht, zum Beispiel Computer, Handys, Glasfaserkabel, Solarzellen, Energiesparlampen und so einem Zeug.«

»Ah, von Gadolinium habe ich schon mal gehört. Das fällt in mein Fachgebiet. Man verwendet es als Kontrastmittel bei der Kernspintomografie«, entgegnete Peggy.

Hayden lächelte anerkennend. »Sehen Sie, also ziemlich unbekannte aber wichtige Stoffe.«

»Und auf so einem kleinen Asteroiden gibt es so viel davon, dass wir auf der Erde für Jahrzehnte ausgesorgt hätten«, warf Anne Robinson ein.

»So ein Felsbrocken ist also Billionen Wert«, grinste Kralowski mit verklärtem Blick. »Billionen!«

Die unvorstellbare Zahl schwebte anbetungswürdig zwischen den sechs Menschen, die in wenigen Wochen ihr Ziel erreichen werden. Ehrfürchtige Stille breitete sich aus.

»Schön«, brach der Pilot die Stille. »Machen wir uns an die Arbeit. Wir müssen noch den Erkundungsrover einsatzbereit machen und unsere zwei Metallfreunde haben sicherlich noch ein paar Daten auszuwerten, um den genauen Lande-platz festzulegen. Wir sind hier nicht auf ´ner Kreuzfahrt!«

In den nächsten Wochen wurde aus ihnen eine richtige kleine Familie. Das lag vielleicht auch daran, dass trotz aller Sparmaßnahmen jedem Crewmitglied ein würdiger Teil Privatsphäre zugestanden wurde. Jeder hatte ein winziges Schlafmodul, das sich schließen ließ und wo die nötigsten privaten Dinge verstaut waren. Es glich einer fensterlosen Innenkabine eines Billigkreuzfahrtschiffs. Doch es ermög-lichte auch, einmal allein zu sein, oder …

… Anne schmiegte sich eng an den Mann in ihrem Privatmodul.

»Nur noch fünf Tage, dann sind wir am Ziel«, träumte Thomas vor sich hin und ließ die Liebkosungen der blonden Frau genüsslich über sich ergehen. Sie blickte kurz auf und hauchte: »Ich bin schon am Ziel.« Dann widmete sie sich weiter seinem Körper.

Hayden zog sie an der Hand ins Labormodul. Er schloss die Schleuse und drückte sie an die Wand. Zärtlich küsste er ihren Hals.

»Lass das, Hayden. Wenn uns jemand beobachtet.«

Peggy blickte sich unsicher um, ob irgendeine Kamera aktiv war. Sie konnte keine verräterischen Leuchtdioden erkennen. Trotzdem fühlte sie sich unwohl. Andererseits genoss sie die Liebkosungen. Während der Zeit hier an Bord sind Hayden und sie sich näher gekommen. Doch wenn sie dabei an ihren Mann dachte, hatte sie ein schlechtes Gewissen. Er war noch keine vier Monate tot und sie lag in den Armen eines anderen.

Haydens Hand wanderte unter ihren Pulli, sein Mund auf ihren. Es tat so gut. Sie sehnte sich nach dieser Geborgenheit. Doch dann drückte sie ihn entschlossen von sich weg.

»Ich kann nicht. Ich …«

Der Mann blickte sie mit enttäuschten Augen an. Nun fühlte sie sich wieder schlecht. Diesmal hatte sie *ihm* gegenüber ein schlechtes Gewissen. Sie fühlte sich so hin und her gerissen. Hayden war süß und lieb und sie mochte ihn und sie liebte seine Nähe. Doch sobald er sie berührte, hatte sie das Gefühl, dass Joseph sie aus dem Grab heraus mit anklagenden Augen ansah. Ihr Verstand sagte ihr zwar, dass sie Joseph unrecht tat, wenn sie so von ihm dachte, denn ihr Glück war ihm immer wichtig gewesen. Doch ihr Herz sagte, dass sie Joseph immer noch verbunden war.

»Schon gut, Peggy, ich verstehe, dass du ihn noch nicht ganz los lassen kannst«, erriet der Mann ihre Gedanken. Er drückte auf den Knopf und die Tür glitt mit einem pneumatischen Zischen zur Seite.

»Aber ich gebe nicht so schnell auf.«

Er drückte ihr einen weiteren Kuss auf die Lippen und verschwand.

Sie stand noch eine Weile im Labor und wusste nicht, was sie tun sollte. Plötzlich kam Anne Robinson rein. Als sie Peggy sah, zuckte sie leicht zusammen. Sie hatte hier niemanden erwartet. Dann blickte sie nachdenklich zurück und Peggy konnte dem Gesicht der blonden Frau ansehen, wie sie eins und eins zusammenzählte. Sie begann wissend zu lächeln und sagte zu Peggy:

»Nimm dich vor Hayden in Acht. Er hat bis jetzt noch jeder Frau den Kopf verdreht.«

Nur noch zwei Tage, dann werden wir auf diesem Asteroiden sein, geisterte es Peggy durch den Kopf. War der Weg hierher schon ungewöhnlich, so war es die Landung auf diesem Felsbrocken umso mehr. Denn dann waren sie wahrhaftig auf einer fremden Welt. Nun, es war kein Planet, auf dem es bedrohliche Lebensformen gab. Doch es war ein weit entfernter fremder Himmelskörper, den nie ein Mensch zuvor betreten hatte. Sie konnte ihn schon in der Ferne erkennen. Er sah aus, wie eine unförmige Kartoffel. Bis jetzt hatte die Menschheit nur den Mond betreten. Von den zahlreichen geplanten Marsmissionen, wurde noch keine realisiert. Das lag vor allem am Geld. Diese Mission hier ist ein Privatunternehmen und letzten Endes geht es auch nur ums Geld.

»Peggy, komm bitte ins Medizinlabor«, hallte die Stimme aus dem Lautsprecher über ihr.

Sie warf noch einmal kurz einen Blick auf die runzelige Kartoffel, dann begab sie sich auf den Weg ins Medizinlabor. Dort warteten Thomas und Hayden. Hayden saß auf dem OP-Tisch und wickelte ein Tuch um seine rechte Hand.

Thomas half ihm. Auf dem Boden waren Blutstropfen verteilt. Peggy sah Hayden erschrocken an.

»Was ist passiert?«

»Ach, wir haben den Greifarm des Rovers getestet«, begann Hayden zu erklären.

»Ich hab nicht aufgepasst…«, fuhr Thomas fort.

Peggy desinfizierte wie in Trance ihre Hände und suchte einige Dinge zusammen. Sie merkte, dass ihr Puls gestiegen war. Durch tiefes Einatmen zwang sie sich zur Ruhe. Sie hatte schon viel Schlimmeres als Ärztin gesehen. Doch nicht die Verletzung machte sie nervös, sondern dass es ausgerechnet Hayden erwischt hatte.

Ihn schien es jedoch nicht weiter zu stören.

»Thomas hatte da wohl ganz anderes im Kopf«, grinste er. Der Pilot antwortete schuldbewusst nichts.

Peggy nahm den Verband ab. Ein tiefer Schnitt klaffte in der Hand. »Tja, das muss ich wohl nähen.«

Sie betäubte die Stelle mit einer Injektion, bei der er doch ein wenig zusammenzuckte. Aber Peggy war wieder ganz ruhig und ganz Ärztin. Während sie nähte, kamen Steven und Anne herein.

»Bist du verletzt?«, fragte Anne den Piloten besorgt. Er schüttelte den Kopf und deutete auf Hayden.

»Nur ein Kratzer«, meinte der Metallurge.

Steven Kralowski war anderer Meinung.

»Für mich sieht das nach einer ernsthaften Verletzung aus. Ich denke, dass es in den nächsten Tagen erst mal nichts mit Weltraumspaziergang für dich wird, Hayden.«

»Was? Das ist nicht dein Ernst! So schlimm ist es nun wieder nicht.«

»Ich schätze schon. Anne wird deinen Job übernehmen.«

Hayden wurde wütend. Er biss die Zähne zusammen, um nicht gleich zu explodieren. Steven Kralowski verließ den Raum. *Er* war der Missionsleiter. Er musste dafür sorgen, dass alles reibungslos und kostengünstig funktionierte. Auf die Abenteuerlust eines Einzelnen, konnte er da keine Rücksicht nehmen. Im Weggehen hörte er Gepolter und dann ein lautes wütendes Brüllen.

Hayden stieß wutentbrannt mit dem Fuß gegen einen Infusionsständer, der polternd zu Boden fiel. Dann brüllte er frustriert auf.

»So ein Scheiß. Monatelang bereitet man sich auf dieses Projekt vor und jetzt so was. Ich bring den Kerl um!«

»Hey, tut mir echt leid«, meinte Thomas.

»Dich mein ich nicht«, entgegnete Hayden schon wieder etwas ruhiger. »Ich meine diesen Kralowski.«

Anne legte ihm die Hand auf die Schulter.

»Wir sind ja eine ganze Weile hier und du wirst schon noch deine Chance bekommen. Ich bin ehrlich nicht erpicht auf die Außenarbeit. Doch ich schaffe das schon, ein paar Brocken raus zu sprengen. So was mache ich schließlich nicht zum ersten Mal.«

»Ich zweifle ja auch nicht an deinen Fähigkeiten. Nur *ich* war eben erpicht auf die Außenarbeit.«

»Naja, vielleicht bist du nicht der erste Mensch auf einem Asteroiden, aber jedenfalls der Erste, der in diesem Medizinlabor behandelt wird«, versuchte Peggy die Lage zu entspannen. Aber Hayden lächelte nur gequält.

Anne und Pia sahen aus wie zwei Roboter. Ihre Körper steckten in silbrigen Druckanzügen. Sie schützten nicht nur vor den eisigen Temperaturen sondern auch vor den schädlichen Anteilen der Sonnenstrahlung. Sie zeigten mit den

Daumen an, dass alles in Ordnung ist und es losgehen kann. Die Schleuse schloss sich. Die vier zurückbleibenden Crewmitglieder postierten sich in der Kommandozentrale. Dort konnten sie auf Monitoren den weiteren Ablauf der Mission verfolgen. Pia sollte den Erkundungsrover an den Rand eines Kraters in zweihundert Metern Entfernung vom Raumschiff lenken. Anne hatte die Aufgabe, im Krater an zwei verschiedenen Stellen durch kleine Sprengungen, Proben vom Asteroiden zu entnehmen. Diese wollten sie dann im Labor näher untersuchen.

Gestern erst waren sie auf diesem Felsbrocken gelandet. Nun ja, es war nicht so eine Landung wie auf der Erde. Es galt weder eine Atmosphäre zu durchdringen, noch einen durch Gravitation ausgelösten Fall abzubremsen. Thomas glich mit den Positionstriebwerken die Geschwindigkeit des Raumfahrzeugs der des Asteroiden an und brachte so die Relativgeschwindigkeit auf null. Dann setzte das Gefährt auf der Oberfläche auf. Es war eher ein Andockmanöver.

Kralowski schien es plötzlich eilig zu haben. Er hatte immer nur die Missionskosten im Kopf. Also machten sich Anne und Pia heute schon auf den Weg, die ersten Proben zu holen. Später wollten sie dann anhand der Proben entscheiden, welcher Bereich die interessantesten und profitabelsten Rohstoffe enthielt. Dort würden sie einige Brocken absprengen und den Frachtraum damit vollstopfen. Der Rover konnte hierbleiben, genauso wie andere für den Rückflug entbehrliche Ausrüstungsgegenstände. Mit den Rohstoffen würde sich die Mission selbst finanzieren und weitere noch dazu.

Annes Helmkamera zeigte Pia, wie sie den Rover aus der Ladeluke steuerte. Pias Helmkamera zeigte die kraterreiche

Oberfläche des Asteroiden. Darüber spannte sich ein schwarzer Himmel.

»Okay, Mädels. Das Ziel ist zweihundert Meter voraus!«, rief Hayden überschwänglich ins Mikrofon. »Daumen hoch. Wir brauchen ein paar spektakuläre Bilder, damit wir später ein nettes Filmchen zur Erde senden können.«

Die Frauen hielten demonstrativ die Daumen in die Kamera. Der Rover entfernte sich vom Raumschiff Richtung Kraterrand. Dann blieb er stehen. Über Pias Kamera konnten sie in den Krater sehen. Als sie sich umdrehte, war Anne im Bild. Sie sprang gerade vom Rover und landete auf dem Asteroiden. Ihre Schuhe wirbelten eine Wolke Staub auf. Hätte sie nicht ihre Steuerdüsen aktiviert, wäre sie von dem Felsbrocken abgeprallt und ins All geschleudert worden.

»Das ist ein großer Schritt für die Menschheit...«, lachte sie ins Mikrofon, »... denn die ersten Menschen, die den Fuß auf einen fremden Himmelskörper setzen, sind Frauen!«

»Du sagst es, Schatz«, erwiderte Thomas lächelnd.

Kralowski sah den Piloten missbilligend an und knurrte: »Bleib sachlich!«

Thomas entgegnete nichts. Hayden schüttelte grinsend den Kopf. Dieser Steven war unmöglich.

»Platziere die erste Sprengladung«, knisterte Annes Stimme aus den Lautsprechern. Auf einem der Monitore sahen sie, wie ihre Hand einen kleinen Plastiksprengstoffsatz platzierte, dann noch zwei weitere. Auf dem anderen Monitor sahen sie verwackelte Bilder der Bedienelemente des Rovers und ab und zu die Oberfläche des Asteroiden. Jetzt konnten sie sogar ihr Raumschiff sehen. Es sah eigentlich recht hässlich und unspektakulär aus. Erinnerte an ein altmodisches U-Boot. Pia hatte also den Rover gewendet. Anne erschien am Kraterrand mit der Fernbedienung in der Hand und ging – vielmehr schwebte – zu Pia und dem Rover zurück.

»Zündung auf null: 3 – 2 – 1 – 0! Zündung!«

Der Boden vibrierte kurz. Dann war alles wieder still. Am Kraterrand erblickten sie eine kleine Staubwolke. Die beiden Frauen schwebten zum Kraterrand. Alles sah fast so aus wie vorher. Nur, dass ein weiterer kleiner Krater zu erkennen war. Die beiden näherten sich dem Sprengplatz. Pia hatte einen Behälter dabei. Darin sammelten die Frauen die abgesprengten Proben ein. Einige waren ziegelgroß. Anne hielt einen Steinbrocken in Pias Kamera. Der Brocken hatte deutliche silbrige Einschlüsse. Durch das Visier konnte man ihr Lächeln erahnen.

»Hier, für dich, Hayden.«

»Danke, Anne. Falls ich ein unbekanntes Element entdecke, nenne ich es Robinsonit oder Anneytrium.«

»Hört sich gut an. Ich setze jetzt die zweite Sprengladung.«

Sie schwebte weiter in den Krater und Pia brachte die ersten Proben zum Rover. Die beiden Monitore zeigten Krater und felsigen Boden. Dann kam der Rover in Sicht. Über die Lautsprecher konnten sie das Atmen der Frauen hören. Der andere Monitor zeigte Annes Hände, wie sie mit den kleinen Sprengsätzen hantierte.

Plötzlich erstarrten ihre Bewegungen. Ihr Atem wurde schneller.

»Etwas stimmt nicht«, keuchte sie.

»Was stimmt nicht?«, fragte Hayden möglichst ruhig. Doch der Puls der Vier an den Monitoren war schlagartig in die Höhe geschossen.

»Es wird heiß!«, schrie Anne. »Was ist das?« Panik lag in ihrer Stimme.

Die Crew im Raumschiff blickte sich ratlos an. Die Instrumente zeigten draußen eine Temperatur vom minus einhundertvierundsiebzig Grad Celsius. Alles andere als heiß.

»Oh Gott, ich brenne!«, schrie Anne angsterfüllt. Sie begann zu laufen. Doch das ging nicht auf diesem schwerelosen Felsbrocken. Sie schwebte kurz über dem Boden, wand sich und schlug um sich.

Plötzlich erstrahlte der Monitor blenden weiß. Der Boden vibrierte so stark, dass das gesamte Raumschiff durchgeschüttelt wurde. Pias Monitor zeigte verwackelte Bilder, da sie von den Füßen gerissen und mit dem Probenbehälter gegen den Rover geschleudert wurde. Alle im Raumfahrzeug konnten ihren Schrei hören. Doch der lauteste Schrei kam von Thomas. Er hämmerte gegen Annes Monitor.

»Anne! Anne! Verflucht, was ist da passiert?«, schrie er außer sich.

Alle wurden hecktisch.

»Woher kam diese Explosion?«

»Was ist mit Anne?«

Dann hörten sie einen weiteren Schrei von Pia und sahen durch ihre Helmkamera, wie Felsbrocken aus dem Krater hervor schossen. Einer kam direkt auf sie zu. Schwärze. Ein Knacken. Keuchender Atem. Zischen.

»Helft mir! Ich koche! Helf...« Rauschen.

Stille.

Hayden sprang auf.

»Los, wir müssen da raus!«

Er drehte sich zu Thomas um. Doch der stierte nur geschockt auf den leeren Monitor. Tränen rannen ihm übers Gesicht. Er zitterte. Peggy rannte zu einem Schrank und holte eine Decke heraus. Sie drückte sie Steven Kralowski in die Hand.

»Hier! Thomas hat einen Schock. Halten sie ihn warm. Wir gehen da jetzt raus.«

Hayden und Peggy hasteten zum Laderaum. Im Gang hallten ihre Schritte wie Herzschläge. Im Vorraum zur Schleuse stiegen sie in die Raumanzüge. Peggy musste Hayden helfen, da er mit der Verletzung an der Hand nicht richtig einsatzfähig war. Er fluchte und wiederholte ständig:

»*Ich* hätte da draußen sein sollen. Nicht Anne – *Ich* hätte da draußen sein sollen.«

Schließlich packte Peggy ihn an den Oberarmen und zwang ihn, sie anzublicken.

»Hör zu, wir dürfen jetzt nicht durchdrehen. Wir wissen nicht, was passiert ist«, sagte sie ihm entschlossen ins Gesicht.

Er versuchte sich zu beruhigen und atmete tief durch.

»Okay, okay. Du hast recht. Wir müssen besonnen vorgehen.«

Doch als sie ihm den Helm überstülpte murmelte er wieder:

»*Ich* hätte da draußen sein sollen.«

Sie schwebten mit den Steuerdüsen zum Rover. Auf allem lag bleierne Stille. Peggy hörte nur ihr eigenes hektisches Atmen und ihr Herz, dass bis in den Hals schlug. Am Fahrzeug fanden sie Pia. Die Ärztin brauchte ihre medizinischen Kenntnisse nicht zu bemühen. Das Loch im Helm der Frau sagte alles.

»Sie ist tot«, bestätigte sie trotzdem ins Mikrofon.

Hayden kniete neben der toten Frau nieder. Das Loch im Helm war nur sehr klein, hatte aber verheerende Wirkung gehabt. Das Vakuum hatte in Sekundenschnelle sämtliche Luft aus dem Anzug gesaugt.

»Durch den Unterdruck hat sich die eingeschlossene Luft in ihrem Körper ausgedehnt. Wie bei einem zu schnell aufsteigenden Taucher. Ihre Lungen sind geplatzt«, erklärte die Ärztin.

Hayden kämpfte gegen den Würgreflex. Als er es unter Kontrolle hatte, fragte er: »Wieso schrie sie: "Ich koche!" ?«

»Im Vakuum liegt der Siedepunkt viel niedriger. Schon nach wenigen Sekunden fängt das Blut an zu kochen. Auch die Zellflüssigkeit beginnt zu kochen und die Zellen platzen. Der Kreislauf bricht zusammen. Dann Bewusstlosigkeit und dann der Tod.«

»Verdammte Scheiße! Sie hat es gespürt!«, fluchte Hayden.

Peggys Kopf arbeitete wie ein Roboter. Im Moment konnte sie nichts fühlen. Ihr Gehirn rief Daten ab und ihr Mund gab sie weiter.

»Testpersonen in Vakuumkammern berichteten, dass sie kurz vor der Bewusstlosigkeit spürten, wie das Wasser auf der Zunge zu kochen anfing.«

»Das ist grauenvoll.«

»Es dauert nur wenige Sekunden. Doch selbst ohne diesen Effekt durch das Vakuum, hätte sie bei diesen Temperaturen kaum eine Überlebenschance gehabt. Ihre Lungen wären gefroren.«

Sie luden die Tote auf den Rover. Dann schwebten sie Richtung Kraterrand.

»Steven? Wie geht es Thomas?«, fragte Hayden an das Raumschiff gewandt.

»Ich habe ihn in sein Modul gebracht. Er liegt da und starrt die Decke an«, war die Antwort.

»Gut, er sollte nicht sehen, was wir jetzt finden.«

Peggy sah Hayden an.

»Ich möchte eigentlich auch nicht sehen was wir da finden«, flüsterte sie.

Er legte seine behandschuhte Hand auf ihre Schulter.

»Ich bin auch nicht darauf erpicht.«

Doch das Grauen hielt sich in Grenzen. Sie blickten in die Senke hinab. Dort sahen sie den kleinen Krater der ersten Sprengung. Weiter hinten war ein recht großer Krater. Überall waren Gesteinsbrocken verstreut. Doch das meiste Material, und wahrscheinlich auch Annes Überreste, waren durch die Explosion ins All geschleudert worden.

»Ich will mir noch den Explosionsherd ansehen. Ich kann nicht verstehen, was da geschehen ist. So viel Sprengstoff hatte sie doch gar nicht bei sich. Und wieso war ihr heiß? Hatte sie auch ein Loch im Anzug?«

Peggy schüttelte den Kopf. Das konnte Hayden allerdings durch ihren Helm nicht sehen.

»Keine Ahnung. Vielleicht war ihr Anzug beschädigt. Doch irgendwie hat sie anders reagiert. Bei ihr schien sich der Vorgang langsam gesteigert und länger angehalten zu haben. Und diese plötzliche heftige Explosion passt auch nicht dazu.«

Mittlerweile waren sie am Zentrum der Explosion angekommen. Jetzt konnten sie einige Blutspuren erkennen. Doch von Anne war nichts mehr übrig. Hayden sammelte ein paar Gesteinsproben ein, dann gingen sie zum Rover zurück.

»Vielleicht hätte ich es verhindern können, wenn alles nach Plan gelaufen wäre«, spekulierte er niedergeschlagen.

»Ach, Hayden. Ich glaube nicht. – Wenn du dich nicht verletzt hättest, würdest *du* jetzt hier verstreut sein.«

»Ich weiß nicht – Ich fühle mich irgendwie schuldig.«

»Du hast keine Schuld. Lass uns erst mal rausfinden, wie es zu der Explosion kommen konnte.«

Mit dem Rover brachten sie Pia zurück ins Schiff. Sie verstauten sie in einer Kühlkammer im Frachtraum. Zurück im Kommandomodul, versuchten Hayden und Steven Funkkontakt zur Erde aufzunehmen. Vergebens. Peggy kam etwas später dazu, da sie noch mal nach dem Piloten sehen wollte.

»Ich weiß nicht, was ich mit Thomas machen soll. Ich habe ihm erst mal ein Beruhigungsmittel gegeben. Er schläft jetzt. Aber wir werden auf ihn aufpassen müssen. Ich befürchte, dass er sich etwas antun könnte. Doch ich bin kein Psychologe«, erklärte sie den beiden Männern.

»Probleme über Probleme«, entgegnete Steven genervt. »Wir können keinen Funkkontakt herstellen – weder zur Erde noch zum Mond noch zu einer Raumstation. Wir versuchen es jetzt bei Satelliten und Sonden, die in Reichweite sind. Vielleicht können wir wenigstens ein Notsignal absetzen.«

»Ich denke wir sollten die Mission abbrechen«, meinte Hayden.

»Auf keinen Fall! Was macht ihr aus meiner Mission? Habe ich es hier nur mit Verrückten zu tun? Eine sprengt sich und ihre Kollegin in die Luft. Der Andere versinkt im Selbstmitleid…«, entgegnete Steven aufgebracht.

»Jetzt mach mal halblang«, entgegnete Hayden. »Wir sollten einfach einsehen, dass die Mission gescheitert ist. Bevor hier noch mehr passiert, sollten wir uns auf den Rückweg machen. Da haben wir ohne einen einsatzfähigen Piloten schon genug Probleme zu lösen.«

»Wir werden versuchen, so viel Gestein wie möglich mit zurückzunehmen. Ich bin immer noch der Projektleiter!«, entschied Kralowski.

»Ich weiß nicht«, mischte sich Peggy ein. »Solange wir nicht erklären können, was da draußen vorgefallen ist, sollten wir auf keinen Fall sprengen. Außerdem brauchen wir erst mal ein paar Stunden Ruhe, um den Schock zu verdauen.« Sie fühlte sich plötzlich richtig schlecht. Deshalb machte sie sich auf den Weg zu ihrem Modul. Hayden blickte ihr besorgt hinterher.

»Ja, Steven. Da hat sie Recht. Es ist zu gefährlich«, bestätigte er.

»Ach Quatsch. Anne hat irgendeinen Fehler gemacht und sich in die Luft gesprengt. Pia hat einen Felsen abbekommen und ihr Visier wurde zerstört. Das Vakuum hat sie getötet«, wiegelte der Projektleiter ab. »Ich fliege hier auf keinen Fall ohne den Laderaum voll Metalle wieder weg.«

»Nun ich werde jetzt erst mal die Proben analysieren. Vielleicht finde ich Hinweise. Vielleicht stimmte die Zusammensetzung des Sprengstoffs nicht.« Hayden stand auf und ließ den Projektleiter im Kommandomodul allein zurück.

Der Gang lag als silbrige Halbröhre vor ihm. Grelles Neonlicht blendete seine Augen. Dann sah er Peggy. Sie hockte zusammengekauert auf dem Boden. Er setzte sich daneben und legte die Arme um sie. Da begann ihr Körper zu beben. Sie schluchzte und weinte.

»Hey, ist schon gut«, flüsterte er. Sie war die ganze Zeit so stark gewesen. Jetzt konnte sie nicht mehr. Anne und Pia waren tot. Anne war einfach weg, als hätte sie niemals existiert. Wie konnte das nur geschehen?

Hayden nahm sie auf den Arm und trug sie in sein Modul. Er legte sie in seine Schlafkoje und deckte sie zu. Seine Hand strich zärtlich über ihr Gesicht.

»Ruh dich erst mal aus. Ich untersuche inzwischen die Proben der Explosionsstelle.«

»Lass mich nicht allein!«, flüsterte sie und blickte ihn aus tränenverschleierten Augen an.

»Ich lass dich nicht allein«, versicherte er.

Sie zog ihn zu sich herunter. Er ließ es geschehen. Die Proben konnten warten.

Der Metallurge saß im Labor an einem Computer und betrachtete den Monitor. Als er aufblickte, sah er Peggy im Türrahmen stehen.

»Hi«, lächelte sie ihn an.

»Hi«, lächelte er zurück. »Alles okay?«

Sie nickte, trat auf ihn zu und schlang die Arme um ihn. »Hast du schon etwas herausgefunden?«

Er stöhnte. »Nein, nicht wirklich. Das ist alles sehr seltsam. Ich habe die Proben mit dem Massenspektrometer untersucht. Das war sehr aufschlussreich. Dieser Brocken ist wirklich eine Goldgrube. Wobei Gold noch das Minderwertigste hier ist. Aber mit einigen Daten komme ich nicht klar.«

»Soll ich es mir ansehen?«

»Ja, warum nicht. Hier sind die Daten des Massenspektrometers.«

Auf dem Bildschirm erschien ein Gewirr grauer Streifen mit Punkten.

»Man kann hier verschiedene Metalle identifizieren. Doch das hier ist total untypisch.« Er zeigte auf einen Bereich der Grafik. »Der Computer kann damit auch nichts anfangen.«

»Vielleicht ein unbekanntes Element?«, warf Peggy ein.

»Mm, kann sein. Vielleicht aber auch Verunreinigungen anderer Art.«

»Du meinst… von Anne?«

»Ja, ich wollte es nicht aussprechen. Vielleicht Blut? Das Programm ist für die Erkennung von Metallen ausgelegt – also anorganische Zusammensetzungen und nicht für organische.«

Peggy hatte keine Erfahrung mit dem Massenspektrometer. »Wir könnten uns eine Probe unter dem Elektronenmikroskop ansehen«, schlug sie deshalb vor.

»Gute Idee.«

Er nahm eine winzige Probe, legte sie in einen Glaskolben, aus dem die Luft abgesaugt wurde und der dann mit Argon gefüllt wurde. Ein winziger Goldklumpen verdampfte in einem heißen violetten Gasstrahl und der Golddampf legte sich – nur wenige Atome dick – über die Probe. Hayden entnahm sie und legte sie in das Raster-Elektronenmikroskop. Mit einem Joystick konnte er jeden Punkt der Probe anfahren. Beide standen vor einem Bildschirm und betrachteten die Gesteinsprobe. Es sah aus wie ein graues Gebirge.

»Halt!«, rief Peggy. »Ein Stück zurück!«

Hayden tippte vorsichtig am Joystick.

»Stopp!«, rief die Frau. »Was ist das?«

»Vielleicht ein Blutkörperchen?«, fragte er.

»Nein, viel zu klein. Es sieht fast aus wie…«

»Ah!«, Hayden sprang auf und hielt sich den Arm. »Was war das?« Er betrachtete eine rote Stelle am Unterarm.

»Lass mal sehen. – Sieht aus wie eine leichte Verbrennung. Ist hier irgendetwas heiß?« Sie suchten die Geräte und den Tisch ab. Doch außer ein paar Steinbrocken war nichts Ungewöhnliches zu finden.

»Was war das?«, fragte er noch einmal irritiert.

»Ich weiß nicht.«

Plötzlich spürte Peggy ebenfalls ein heißes Brennen auf der Haut. Sie schrie auf und sprang zurück. Hayden, der hinter ihr stand, fing sie auf. Beide beobachteten, wie das Wasser in einem Glas neben einem Steinbrocken zu kochen anfing.

Steven Kralowski war auf dem Weg zur Schleuse in den Frachtraum, als er lautes Rufen und Schritte hörte. Er drehte sich um und sah Peggy und Hayden durch den Gang auf sich zu hetzen.

»Was ist los?«, fragte er.

»Du solltest nicht da rausgehen«, rief Hayden.

»Wieso nicht? Ich sagte doch, dass ich nicht mit leerem Frachtraum zurückfliegen werde.«

»Aber da draußen ist etwas!«, keuchte Peggy außer Atem.

»Ja, wir haben die Proben unter dem Elektronenmikroskop untersucht und…«

»…und was? Grüne Männchen gefunden?«, unterbrach der Projektleiter den Metallurgen barsch.

»Hör doch erst einmal zu! Pia ist durch das Vakuum gestorben, ja, doch Anne hat etwas von Hitze gesagt.« Hayden zeigte ihm die rote Stelle an seinem Unterarm.

»Was soll das beweisen?«, fragte Kralowski genervt.

»Das sie Hitze erzeugen können.«

»Sie? Sie? Wer ist *Sie*?«, brüllte Steven und begann sich an der Luke zu schaffen zu machen.

Peggy hielt ihn am Arm zurück. »Sie sind mikroskopisch klein, so wie Viren.«

Steven riss sich los.

»Ich will das nicht hören!«

»Sie verteidigen nur ihre Welt!«, schrie Peggy ihn jetzt an.

»Das interessiert mich nicht! Der Brocken hier ist Millionen wert! Eure Viren interessieren mich nicht!«

»Ich sagte nicht, dass es Viren sind. Viren gehören offiziell nicht zu den Lebewesen. Sie brauchen Wirtszellen für Stoffwechsel und Reproduktion. Doch das hier… Ich denke…«

Steven drehte sich um und verpasste ihr einen Schlag gegen das Brustbein, sodass sie an Hayden vorbei in den Gang flog. Peggy prallte rücklings auf den Boden und rang nach Luft. Der Metallurge stürmte wütend auf den Projektleiter zu und verpasste ihm einen Faustschlag ins Gesicht. Steven taumelte nach hinten und knallte gegen die Schleuse.

»Drehst du jetzt völlig durch? Wie kannst du es wagen, sie zu schlagen?«, brüllte Hayden ihn an.

Steven wischte sich mit dem Ärmel das Blut ab, welches ihm jetzt aus der Nase lief.

»Stellt euch mir nicht in den Weg!«, drohte er.

»Vielleicht sind es Lebewesen. Alles spricht dafür. Sie sind zwar nur so klein wie Viren, aber womöglich können sie sich organisieren. Wir vermuten, dass sie durch Schwingungen Mikrowellen erzeugen. Das würde erklären…«, sprudelte es aus Peggy heraus.

»Es interessiert mich nicht!«, brüllte Steven jedes Wort betonend.

»Was geht ´n hier vor?« Thomas Kellermanns Stimme hallte durch den Gang.

Alle Blicke richteten sich auf den Piloten, der plötzlich hinter ihnen aufgetaucht war und seine Sprache wiedergefunden hatte.

»Oh, Thomas«, begann Peggy erleichtert. »Du musst uns helfen, Steven…«, weiter kam sie nicht. Denn ein Schuss krachte ohrenbetäubend durch das Raumschiff. Peggy sah, wie das Geschoss den Hals des Piloten zerfetzte. Er wurde nach hinten geschleudert, prallte auf dem Boden auf und blieb leblos liegen. Eine Blutlache breitete sich um ihn herum aus.

Sie blickte schockiert in Richtung des Schützen. Steven stand mit einer Pistole in der Hand an der Frachtraumschleuse. Hayden begann langsam rückwärts zu gehen und schob sich zwischen Steven und Peggy, die immer noch auf dem Boden lag.

»Nur der Projektleiter darf so etwas mitnehmen. Für den Notfall!« Er grinste kalt und wedelte mit der Waffe herum »… und jetzt ist dieser Notfall eingetreten – Meuterei.« Damit drückte er ab.

Peggy sah, wie das Projektil Haydens Brust durchschlug, an seinem Rücken austrat und über sie hinwegfegte. Haydens Muskeln versagten schlagartig und er fiel nach hinten, rücklings auf Peggy. Jetzt richtete Steven die Waffe auf sie. Peggy versuchte sich von Haydens Körper zu befreien. Sie spürte sein warmes Blut auf ihrem Shirt. Unverwandt stierte sie den Schützen an.

»Nein, Steven«, flehte sie. Panik stieg in ihr auf. Steven sah sie verächtlich an, und nahm die Waffe runter.

»Dich brauche ich noch eine Weile. Schließlich dauert die Rückreise drei Monate.« Damit verschwand er in der Frachtraumschleuse.

Peggy lag immer noch panisch hyperventilierend unter Haydens Körper. Als sie ihn leise stöhnen hörte, fasste sie sich wieder. Die Hände zitterten noch und ihre Knie waren ganz weich. Mit aller Kraft zog sie sich unter dem Körper des Mannes hervor. Er lebte!

»Oh, Gott, Hayden!«

Er blickte sie mitleidig an.

»Nein!«, schrie sie. »Du lässt mich jetzt nicht hier allein!«

Das Adrenalin gab ihr ungeahnte Kräfte. Sie wuchtete den Mann hoch, legte einen seiner Arme um ihre Schultern und schleppte und zerrte ihn durch den Gang. Sie drückte auf einen Knopf und die Tür zur medizinischen Station glitt zischend auf.

»Du bist der einzige, der hier ständig behandelt werden muss, versuchte sie zu scherzen.« Doch sie war schon ganz außer Atem. Mit letzter Kraft schafften sie es zusammen, dass er schließlich auf dem OP-Tisch lag.

»Lass es, Peggy«, presste er hervor. Sein Atem ging schwer. »Sieh zu, dass du hier weg kommst!«

»Wie soll ich hier weg kommen? Ich kann das Schiff nicht fliegen.«

Hayden wollte antworten, doch er brachte nur ein blutiges Husten zu Stande. Peggy versuchte alle Gefühle auszusperren und nur Ärztin zu sein. Das war nicht leicht. Schon wieder sollte sie einen Mann verlieren. Nein, sie wollte kämpfen. Hier hatte sie mehr Chancen, als bei Joseph.

»Ich muss die Wunde verschließen, damit deine Lunge nicht kollabiert. Dann lege ich eine Drainage, um das Blut abzuleiten. Sonst ertrinkst du an deinem eigenen Blut. Dann…«

Sie werkelte hecktisch herum. Hatte einen Plan im Kopf, den sie wie ein Roboter Punkt für Punkt abarbeitete. Plötzlich fasste er sie am Arm.

»Du weißt, dass es keinen Zweck hat.«

»Nein, ich bin Ärztin. Ich lass dich hier nicht einfach sterben.« Es klang fast trotzig.

Unvermittelt hallte Stevens Stimme durch das Raumschiff. Er hatte offensichtlich das Mikro im Helm aktiviert.

»Gleich spreng ich euch weg! Das ist mein Felsen!«, grölte er wie von Sinnen.

Hayden öffnete die Augen:

»Nimm die Rettungskapsel«, hauchte er schwach.

Dann hörten sie Steven schreien. Er schrie und schrie. Es war grauenvoll. Peggy suchte an der Wand nach einem Schalter, um die Sprechanlage zu deaktivieren. Doch urplötzlich wurde es still. Unheimlich still. Nur das flache Atmen des Mannes auf dem OP-Tisch war zu hören und ihr eigenes Herz hämmerte ihr in den Ohren. Hayden war bewusstlos geworden.

Jetzt war sie allein. Unendlich allein. Allein in den Weiten des Alls.

»Ich werde nicht aufgeben«, flüsterte sie entschlossen. Sie packte das Beatmungsgerät, Sauerstoffflaschen, Schläuche, Elektroden, den Überwachungscomputer, Infusionen aller Art, und was sie sonst noch nützliches fand, auf die Ablage unter den OP-Tisch. Dann löste sie die Bremsen der Räder und schob ihn Richtung Tür.

Drei Stunden später saß Peggy vor der Kontrollkonsole der Rettungskapsel. Sie war erschöpft. Die letzten Tage spulten noch einmal wie ein Film vor ihrem inneren Auge ab. Hatten sie wirklich außerirdisches Leben entdeckt? Es kam ihr vor wie ein Traum. Oder war alles nur eine Verkettung tragischer Umstände? Hatte Steven einfach durchgedreht? Sie wusste nicht mehr, was sie denken sollte. Ihre Hand drückte den Knopf. Die Kapsel vibrierte und löste sich vom Raumschiff. Peggy blickte hinaus und sah das Raumschiff, das wie ein gestrandetes U-Boot auf dem Asteroiden lag, immer kleiner werden. Sie konnte in einiger Entfernung den Rover sehen und daneben lag Steven. Sie blickte auf ein Grab. Das Grab von drei – nein vier – Menschen. Erschöpft legte sie sich neben Hayden in den anderen Schlafsack. Die künstliche Gravitation des Raumschiffs war der Schwerelosigkeit des Weltalls gewichen. Sie trieben in den unendlichen Kosmos.

So, jetzt kennen Sie die ganze Geschichte. Entscheiden Sie selbst, was Sie damit anfangen.

Es ist kalt hier drin – sehr kalt in meiner Flaschenpost. An den Wänden gefriert das Kondenswasser meines Atems. Durch das Fenster kann ich auch nichts mehr sehen. Es sieht aus wie Milchglas. Ich fühle mich schwach und lasse den Stift auf den Boden fallen. Das Geräusch wirkt sehr laut in dieser Einsamkeit. Ab und zu sehe ich noch das Licht der Sonne durchs Fenster scheinen. Der Computer hat schon alle Systeme auf Energiesparmodus umgestellt. Kein Essen mehr, kein Wasser, kaum noch Energie – weder für die Kapsel, noch in meinem Körper. Selbst mein Körper hat auf Sparflamme geschaltet. Ich liege in dem Schlafsack, der an der Wand fixiert ist und döse vor mich hin. Eigentlich hänge ich mehr. Doch in der Schwerelosigkeit gibt es kein oben und unten. Alles ist gleich.

Hayden hängt in dem anderen Schlafsack, angekoppelt an Schläuche und Elektroden. Der Computer versucht, seinen komatösen Zustand stabil zu halten. Er hat keine Chance. Ich habe keine Chance. Das All ist unendlich groß und diese Kapsel ist unendlich klein. Wir sind nichts. Alles ist egal. Alles ist mir egal. Die Schwerelosigkeit hat sich bis in meinen Kopf ausgebreitet.

Ich beginne zu halluzinieren – höre einen dumpfen Aufprall, spüre einen Ruck. Dann sehe ich Licht. Ist es das *Licht? Die Wand verschwindet in dem Licht. Ein Engel erscheint. Er trägt einen Raumanzug und streckt die Hand nach mir aus.*

»Sie haben Glück, dass wir Sie noch rechtzeitig gefunden haben, Dr. Lagrange.«

DER GOTT DES KRIEGE

Hannes Altmüller beendete seine Trainingseinheit auf dem Laufband in der Unterdruckkammer. Er spürte ein leichtes Kribbeln, als der Sog nachließ, der sein Blut in seine Beine gezwungen hatte, um Schwerkraft zu simulieren und die Venen zu belasten. Langsam glitt er aus der Röhre. Commander James Baker hatte alle Besatzungsmitglieder für zwölf Uhr Bordzeit ins Steuermodul gebeten. Jetzt war es gleich soweit und Altmüller beeilte sich. Er stieß sich von der Unterdruckkammer ab und schwebte durch das Trainingsmodul. In Ermangelung eines Fensters zeigte ein Monitor neben der Schleuse ein von den Außensensoren erfasstes und vom Computer aufbereitetes Bild ihres Ziels. Der Mars grinste ihn in blutroter Färbung an. Hannes zuckte zusammen. Hatte er sich zu Beginn ihrer Reise noch außerordentlich auf das Ziel gefreut, so erschien ihm, je näher sie in den Einflussbereich des roten Planeten kamen, dieser seltsam bedrohlich.

Hannes schüttelte den Kopf, um die beängstigenden, aber keinesfalls greifbaren Gedanken zu verscheuchen. Wahrscheinlich hatte er zu viele Science-Fiction-Filme gesehen.

An den gelben Haltegriffen hangelte er sich weiter durch verschiedene Labore und Lagermodule, an den Schlafkojen der Besatzung vorbei, durch die Küche ins Steuermodul. An der Schleuse wartete Natalya Klimova mit einem ungewöhnlichen Grinsen im Gesicht. Sie gab den Weg frei und zog ihn mit einem kurzen Ruck in den Raum. Chloé Levefre bremste seinen Flug mit der Hand ab. Hannes spürte, wie ihm die Schamröte ins Gesicht stieg, als plötzlich von allen Seiten ein lautes »Happy Birthday« erklang. Die Besatzung sang aus vollen Kehlen.

Lächelnd drückte ihm Chloé einen Getränkebeutel in die Hand. Obwohl sie ihre Kräuselhaare durch ein Gummiband am Oberkopf zu bändigen versuchte, bauschten sie sich in der Schwerelosigkeit zu einem wolligen schwarzen Ball.

Sie gab ihm einen Kuss auf die Wange. »Alles Gute zum Dreißigsten.«

»Nun hat unser Nesthäkchen auch die magische Zahl überschritten.« Gim Sang-hee prostete ihm symbolisch mit dem Getränkebehältnis zu. Sie schraubte den Verschluss ab und steckte sich die schmale Öffnung in den Mund.

Chén Tián lachte. Er drückte eine Kugel der Flüssigkeit aus seinem Behälter, ließ sie eine Weile im Raum schweben und sog sie grinsend ein. »Sekt kann man das zwar nicht nennen, ohne Kohlensäure und Alkohol, aber der Geschmack ist nicht übel.«

Chloé verteilte silberne Päckchen. »Käsekuchen«, kommentierte sie und reichte jedem einen Löffel dazu.

»Ich bin gerührt«, gestand Hannes. »Danke, dass ihr an meinen Geburtstag gedacht habt.«

»Jeder von uns wird zweimal auf dieser Mission Geburtstag haben und natürlich werden wir jeden gebührend feiern.« James öffnete seine Kuchentüte und stach ein Stück ab. »In einer Familie macht man das so.« Das Kuchenstück schwebte von ihm weg. Doch er fing es mit dem Löffel wieder ein und beförderte es in seinen Mund.

»Auf unsere Familie!« Tián prostete mit dem Getränkebeutel den anderen zu.

»Auf unsere Familie«, antworteten die fünf im Chor.

Für den Rest des Tages ging jeder weiter seinem zehnstündigen Arbeitsplan nach. Hannes machte seinen täglichen Rundgang, kontrollierte die Wasseraufbereitung, prüfte die Aerosolfilter des Sauerstoffgenerators und das Lüftungssystem. Obwohl die Landung auf dem Mars erst in zwei Monaten bevorstand, testete er in regelmäßigen Abständen die Systeme des Landemoduls, die durch Mikrometeoriten, kosmische Strahlung oder einfach durch Inaktivität Schaden nehmen konnten. Nachdem er sein zweites tägliches Sportprogramm absolviert hatte, begab er sich Richtung Aufenthaltsraum. Wieder schwebte er an einem der Pseudofenster vorbei und erneut zog ihn das Bild des Mars magisch an.

»Hallo Geburtstagskind, Lust auf eine Runde Schach?« James ragte hoch vor ihm auf und strich sich über seine kurz geschorenen Haare. Hannes nickte. Baker schob das magnetische Schachspiel in die Mitte des Tisches und fixierte es mit einem Klettband. Hannes mochte den Commander der *Collaboration*. Obwohl er ein ehemaliger Seal war, ließ er nie einen militärischen Ton über seine Lippen kommen. Den Namen des Schiffs mochte er dagegen nicht. Im englischen Sprachraum mag der Begriff für enge Zusammenarbeit stehen, doch im Deutschen ist er negativ behaftet und steht für Zusammenarbeit mit dem Feind. Natürlich war das nicht die Intention gewesen. Hier an Bord waren alle gleich. Die Nationen spielten keine Rolle. Sie waren durch das monatelange gemeinsame Training und den schon vier Monate zurückgelegten Flug zu einer innigen Einheit zusammengewachsen. Besonders zu Chloé fühlte er sich hingezogen. Während er mit Bauer auf e4 eröffnete, beobachtete er die Frau, wie sie sich eine Abendmahlzeit erhitzte. Ihre dunkle Haut stach auffällig zwischen dem vorrangig sterilen Weiß des Interieurs des Schiffs hervor. Heute trug sie ihren rosa Pulli, der ihre weiblichen Formen besonders unterstrich. Er behielt seine Gedanken für sich, denn Beziehungen im engeren Sinn waren während der Mission nicht erwünscht. Inzwischen hatte er schon drei Bauern und einen Läufer an James verloren.

Er hörte, wie Sang-hee im Steuermodul nebenan eine Videobotschaft von ihrer Familie ansah. Sie, James, Tián und Natalya schickten täglich Botschaften zur Erde und bekamen welche von ihren Ehepartnern und Kindern zurück. Chloé und er waren die einzig Ledigen an Bord. Manchmal vermisste er es, mit einem geliebten Menschen zu kommunizieren, auch, wenn die Antwort 14 Minuten auf sich warten ließ. Der Austausch mit seinen Eltern und seinem Bruder war nicht dasselbe. Aber er beklagte sich nicht, denn schließlich hatte er sich für diese Mission aus freien Stücken entschieden mit all den Unannehmlichkeiten, die eine zweieinhalbjähriger Marsexpedition mit sich brachte.

»Schach«, hörte er James' Stimme und wurde aus seinen Gedanken gerissen.

»Mist«, antwortete er resigniert. Er versuchte noch einen Rettungsversuch mit der Dame. Doch James' Springer kannte keine Gnade.

»Schachmatt«, triumphierte der Commander.

Hannes reichte ihm schulterzuckend die Hand. Normalerweise schlug er ihn immer. Doch heute war er mit seinen Gedanken abgeschweift.

Sang-hee schwebte herein und machte eine betretene Miene.

»Was ist los?«, fragte Tián. Seine asiatischen Züge waren ausgeprägter als die der Frau.

»Es gab wieder einen Atomwaffentest«, antwortete sie und begann, sich ebenfalls etwas zu essen zuzubereiten. Sie schob die Packung in den kleinen Ofen. »Natürlich sind wir wieder die Bösen.«

»Ist ja auch so. Es ist Provokation«, antwortete James.

Sang-hee verdrehte die Augen. »Aber die aggressiven Tweets eures Oberherrn sind okay, oder was? Er droht wieder einmal mit totaler Vernichtung.«

James zuckte mit den Schultern. »Sind doch bloß Worte. Lassen wir das. Die Probleme auf der Erde müssen auf der Erde gelöst werden. Wir haben hier eine andere Mission zu erfüllen. Und vielleicht tragen wir damit sogar ein wenig zur Völkerverständigung bei.«

»Das wäre schön«, meinte Tián. »Aber ich bezweifle das. Die Welt wird sich nie ändern, die Menschen werden sich nie ändern. Sie werden sich immer wieder in Konflikte begeben, bis es *Bumm* macht.« Dabei schlug er mit der Faust auf die Ablage und pustete in die geöffneten Hände, als würde er Staub wegblasen.

»Ach Quatsch«, konterte James. »Die Politiker werden schon eine Lösung finden. Und wie du an uns siehst, können die Menschen sehr wohl friedlich miteinander auskommen.«

»Nun, zumindest haben die Nationen es geschafft, eine internationale Marsmission zu realisieren. Das gibt doch Anlass zur Hoffnung«, meinte Hannes.

Sang-hee lachte. Es war kein fröhliches Lachen, so wie heute Morgen bei seiner Geburtstagsfeier. Es ließ etwas in ihm zusammenzucken, so wie das Bild des Mars.

»Euer Friede-Freude-Eierkuchen-Gesülze geht mir tierisch auf den Keks«, zischte sie, stieß sich ab und verschwand durch die Schleuse. James und Hannes blickten sich verständnislos an.

Als sich Hannes mittels des Schlafsacks in seiner kleinen privaten Koje fixiert hatte, schweifte sein Blick auf das Familienfoto, das an einem der Klettpunkte befestigt war. Daneben hing ein kleiner Teddy seiner Nichte. Er sollte ihn für sie auf dem Mars lassen. Der Teddy trug einen weißen Raumanzug mit einem ESA-Aufnäher. Ein Bild vom Mars war ebenfalls an seiner Wand. Ein kahler Planet mit Kratern und Furchen, rot wie Blut. *Mars, der Gott des Krieges*, dachte er. Bei seinem Anblick spürte er eine innere Erregung, wie früher als kleiner Junge, wenn er auf einen Baum geklettert war, um die Stadt von oben zu betrachten ... aus einem ganz anderen Blickwinkel und dadurch etwas Unbekanntes zu entdecken. Das war das Gefühl des Aufbruchs zu einem unbeschreiblichen Abenteuer. Gleichzeitig erfüllte ihn der Anblick des roten Planeten auch mit Furcht, die von Tag zu Tag zunahm.

Hannes dämmerte weg. Der Schlafbedarf stieg während des Fluges in der Schwerelosigkeit stetig an. Sie waren sehr bemüht, den Tagesrhythmus – schon auf SOL-Länge eingestellt – exakt einzuhalten, viel zu arbeiten, Sport zu treiben, gemeinsam Zeit zu verbringen, um Lethargie vorzubeugen, die sich unter diesem künstlichen Tag-Nacht-Rhythmus leicht einstellen konnte.

Auch die Schwerelosigkeit nagte an der Psyche. Künstliche Gravitation war jedoch zu teuer gewesen und die zuständigen Stellen hatten sich dagegen entschieden. Die Dimensionen des Raumschiffs wären zu groß gewesen, und die Mission hätte erst viele Jahre später stattfinden können.

Wenn sie gelandet sein werden und das Camp aufbauen müssen, Experimente und Expeditionen durchführen, würden sie alle schnell wieder zur alten Form zurückfinden. Die Schwerkraft des Mars – zwar nur ein Drittel der der Erde – würde ihnen den Muskelaufbau und auch die eineinhalb Jahre Leben dort erleichtern. Er freute sich darauf, endlich die Oberfläche des roten Planeten zu betreten. Im Traum sah er sich oft mit Chloé an der Hand vom Grat in den Schiaparelli-Krater blicken ... nur dieses Mal stieß sie ihn unerwartet in den Abgrund.

Hannes schrak auf. Er blickte in ein Gesicht, das durch den Spalt seine halb geöffneten Kabinentür hereinschaute. Es war das von Natalya. Sie würde nach der Landung die Leitung und Verantwortung der Aktivitäten auf dem Mars übernehmen.

»Hannes, du solltest in die Steuereinheit kommen. Das Kommunikationsmodul gibt keinen Ton mehr von sich.«

Hannes rieb sich verschlafen die Augen. Er öffnete den Schlafsack, zog sich etwas über und schwebte durch die Tür seiner Kabine. Natalya navigierte sich mit geschickten Zügen und Stößen gegen die gelben Haltegriffe durch das Schiff. Hannes folgte ihr, noch schlaftrunken und von dem imaginären Mordversuch verwirrt.

»Guten Morgen«, grüßte James. »Bevor hier gleich alle ihren Liebsten einen schönen Tag wünschen wollen, müsstest du das System neu hochfahren.« James' Stimme klang seltsam zynisch in Hannes' Ohren.

»Okay. Kein Problem. Ein Absturz innerhalb von vier Monaten ist nicht weiter bedenklich«, erwiderte Hannes und machte sich an die Arbeit, das Kommunikationssystem zu rebooten. Kurze Zeit später erschienen die gewohnten Anzeigen. Alles sah normal aus. Natalya begab sich vor den Monitor und versuchte, eine Verbindung zu erstellen. Die Männer sahen ihr Gesicht auf dem Display. Darunter blinkte die rote Schrift:

»Verbindung mit der Kontrollzentrale nicht möglich. Alternative Satellitenverbindung wird gesucht.«

Ein kleiner roter Balken breitete sich aus. Als er den rechten Rand erreicht hatte, erstarb er und begann von neuem von links zu wachsen.

»Was hat das zu bedeuten?«, fragte Natalya.

Hannes war nun hellwach. »Das muss ich erst überprüfen.«

Er checkte ein zweites Mal die Software, jedoch ohne Ergebnis. Dann begann er Verkleidungen von der Wand zu lösen und prüfte sämtliche Verbindungen, Stecker, Platinen. Er konnte keinen Fehler finden. Mittlerweile war der Rest der Crew im Steuermodul eingetroffen.

»Was ist denn los?«, fragte Sang-hee besorgt.

»Wir können keine Verbindung mit der Erde aufbauen«, berichtete James mit auffällig bemühter Sachlichkeit. »Irgendein Fehler im System.«

»Na großartig«, knurrte Tián. »Probleme gleich beim Hinflug. Das weckt Vertrauen in die Technik … und in die Verantwortlichen.« Dabei blickte er Hannes herausfordernd an. »Und keinerlei Möglichkeit, die Mission vorzeitig abzubrechen.«

»Entspanne dich, Tián. Wir sollten nicht gleich beim ersten Problem in Panik verfallen. Hannes wird das schon wieder hinbekommen. Es war damit zu rechnen, dass es Systemausfälle geben würde. Dafür sind wir ausgebildet. Und dass die Mission nicht zwischenzeitlich abgebrochen werden kann, war jedem vorher klar.«

Tián grummelte etwas Unverständliches vor sich hin.

»Gut«, setzte James nach. »Jeder geht jetzt seinem Tagesplan nach.«

»Was? Spinnst du? Wir können doch nicht einfach ignorieren, dass hier die Systeme ausfallen. Willst du uns alle umbringen?«, keifte Sang-hee.

»Sang-hee, jetzt übertreibst du«, antwortete James ruhig. »Wir arbeiten an dem Problem. Geh du jetzt auch wieder an deine Arbeit!«

»Entschuldigung«, gab die Koreanerin mit gesenktem Blick von sich. »Es war nicht so gemeint.«

Die Crew zerstreute sich im Schiff. Hannes fummelte immer noch an Kabelbäumen und Steckverbindungen herum.

»Ich kann nichts finden. Ich bitte um die Genehmigung für einen Außeneinsatz, um die Bord-Antennen zu überprüfen.«

»Hältst du das für notwendig?«, fragte James mit Falten auf der Stirn. »Wir müssen mit dem Lithiumhydroxid für die Kohlendioxidfilterung sparsam umgehen und möglichst wenig Außenbordeinsätze durchführen. Auf dem Mars können wir es zwar wieder aufbereiten, werden dort aber auch mehr Bedarf haben durch die täglichen Außeneinsätze.«

»Ich kann hier nichts finden. Vielleicht wurde eine Antenne durch einen kleinen Meteoriten beschädigt. Ich sehe keine andere Möglichkeit.«

James überlegte eine Weile. »Na gut. *Ich* werde den Außeneinsatz durchführen und du wirst das System und meine Arbeit von hier drinnen aus steuern und überwachen. Natalya, du hast während meiner Abwesenheit die Bordgewalt.« Durch den Bordsprechfunk gab er weitere Anweisungen: »Sang-hee, bereite eine EVA vor. Ich gehe raus.«

»Verstanden«, kam die Antwort der Frau aus der Sprechanlage.

Kurze Zeit später befand sich der Commander im Raumanzug, aber ohne Helm in der Schleuse. Er hatte eine Sauerstoffmaske über Mund und Nase gezogen.

»Was hältst du von einem Spiel, Hannes? Wir haben ungefähr zwei Stunden, bis der Sauerstoff genügend Stickstoff aus meinem Körper gespült hat«, hörte Hannes die durch die Atemmaske gedämpfte Stimme aus dem Bordsprechfunk.

»Wenn du die psychische Belastung deiner Niederlage nicht als gefährdend für den Außeneinsatz ansiehst, dann gerne«, scherzte er lachend. Hannes öffnete auf einem der Displays ein Schachbrett.

James tat dasselbe auf dem Monitor in der Schleuse.

»Bauer auf d4«, eröffnete James.

Hannes zog nach. Diesmal hatte er das Spiel im Griff.

Sang-hee schwebte durch das Steuermodul. »Seid ihr völlig verrückt? Wie könnt ihr nur Schach spielen jetzt? Es gibt ein Problem zu lösen!«

»Gut Ding will Weile haben«, antwortete Hannes. »Willst du, dass sich in James Körper Gasblasen bilden, wenn er den Anzugdruck verringert?« Sang-hee blickt ihn wütend an. »Turm schlägt Springer«, gab er an James weiter. Ein leises Fluchen war die Antwort. Hannes lächelte triumphierend.

Ein rhythmischer Signalton zeigte an, dass durch die Beatmung mit reinem Sauerstoff James Stickstoffgehalt im Körper soweit gesunken war, dass eine Dekompressionskrankheit unwahrscheinlich war. Der Außeneinsatz konnte beginnen.

»Wir werden das Spiel später fortsetzen müssen«, hörte er James. Auf dem Monitor beobachtete er, wie sich der Commander den Helm aufsetzte.

Hannes hatte das Headset auf und hörte Commander James Baker nun über das Intercom des Helms fragen: »Hannes? Verbindung okay?«

»Ja, ich höre dich einwandfrei.«

»Was ist mit der Helmkamera?«

»Ich habe ein sauberes Bild.« Hannes schwenkte die Kamera in alle Richtungen. Sie fing Sang-hees Gesicht auf, die in der Schleuse James' Anzug überprüfte. Als sie es bemerkte, zeigte sie ihm den Mittelfinger. Hannes schüttelte den Kopf und bestätigte: »Kamera funktioniert.«

Er sah Sang-hee aus der Schleuse schweben und diese verschließen.

»Sang-hee wird jetzt den Druckausgleich durchführen.«

»Verstanden«, antwortet Sang-hee. »Schleusendruck wird auf Null gesetzt. Anzugdruck auf 300 Bar.«

Auf den Monitoren verfolgte Hannes den Druckabfall. Dann beobachtete er aus der Sicht der Helmkamera, wie der Commander das Schiff verließ. Seine Hände hangelten sich an der Außenhülle entlang. James untersuchte akribisch jede der Parabolantennen. Dies dauerte seine Zeit, denn er konnte sich nur langsam zur nächsten fortbewegen. Stets musste er die Sicherungsleine neu einklinken. Für den Notfall hatte er noch den Safer, dessen Düsen ihn zurück zum Schiff befördern konnten, falls er abgetrieben wurde. Aber soweit kam es nicht. Alles lief glatt. Jedoch ließ sich keine Spur eines Meteoriteneinschlags feststellen. Hannes begutachtete die Systeme über die Bilder der Helmkamera. Sie schienen intakt zu sein.

»James, die zwei Stunden Autonomie der Lebenserhaltung für die Wartungseinheit sind vorbei. In zwei Minuten beginnt die zwanzigminütige Reservezeit. Danach ist der Kohlendioxidfilter gesättigt. Du solltest den Rückweg antreten«, empfahl Hannes. In diesem Moment erlosch das Bild der Helmkamera.

»Verstanden. Ich komme zurück«, antwortete James.

»Deine Helmkamera ist ausgefallen«, berichtet Hannes.

»Das ist nicht tragisch, ich komme jetzt rein.«

Hannes blickte vom Monitor auf. Hinter ihm schwebte Sang-hee.

»Ich verstehe nicht, warum wir keinen Fehler lokalisieren können«, sagte sie laut. Ihre Stimme klang angespannt. »Ein System nach dem anderen fällt aus.«

Hannes antwortete nicht. Er hatte selbst keinen Schimmer, was hier nicht stimmte. Ihm gingen die Ideen aus.

Chloé kam ins Steuermodul geschwebt. Ihr Gesicht wirkte schockiert.

»Was ist?«, fragte Natalya.

»Ich weiß nicht, wie ich es sagen soll ...«, drückste sie herum.

»Was soll das heißen? Hast du ein UFO gesehen, oder was?« Tián lachte.

»Nein, ich habe nichts gesehen«, antwortete Chloé.

»Warum wirkst du dann so verstört?«, fragte Sang-hee genervt.

»Weil ich nichts gesehen habe.« Chloé wischte sich mit der Hand über die Augen.

»Backbordschleuse in Sichtweite. Ich bin in wenigen Minuten zurück«, kam die Stimme des Commanders aus dem Sprechfunk.

»Verstanden«, antwortete Hannes mechanisch, stierte dabei jedoch immer noch Chloé an.

»Was soll das heißen, du hast nichts gesehen?«, hakte Natalya nach.

»Ich habe die Bilder des Raumteleskops studiert und da war nichts, nur eine seltsame Verzerrung oder Verschwommenheit.«

»Wo genau?«, fragte Sang-hee. Sie war zu Chloé geschwebt und hatte ihre Hände auf deren Schulter gelegt.

Chloé blickte auf und direkt in die mandelförmigen Augen der Frau. »Dort, wo die Erde sein sollte. Dort ist nichts.«

»Was?« Sang-hees Stimme überschlug sich fast.

Natalya schob Sang-hee von Chloé weg. »Du meinst, du kannst die Erde nicht sehen?«, fragte sie.

»Ja, die Erde ist weg. Da ist nichts.« Chloés Stimme war zu einem entsetzten Flüstern geworden.

Hannes bekam bei diesen Worten ein flaues Gefühl in der Magengegend. Das gleiche Gefühl, was er in letzter Zeit beim Anblick des Mars bekommen hatte.

»So ein Quatsch«, mischte sich Tián ein. »Ich überprüfe das.« Er schwebte ins Labormodul hinüber.

»Commander, wir haben ein weiteres Problem. Die Sensoren können die Erde nicht mehr orten.«

Es dauerte geraume Zeit, bis James Baker antwortete: »Ich sehe die Erde. Das muss ein technisches Problem sein.«

»Der lügt doch!«, keifte Sang-hee.

Hannes blickte die Asiatin ungläubig an. Er sah, wie sie innerlich kämpfte. Ihre Kaumuskeln spannten sich rhythmisch an.

»Backbordschleuse öffnen«, hörte Hannes den Commander anweisen.

»Sofort. Backbordschleuse wird geöffnet«, antwortete er mechanisch. »Sang-hee? Die Schleuse!«

»Sang-hee!« Natalyas Ton war schärfer und ließ die Angesprochene zusammenzucken. Sie stieß sich ab und verschwand Richtung Backbordschleuse.

Tián kam zurück. »Chloé hat recht«, murmelte er heißer. »Die Erde ist weg. Das Teleskop liefert ein seltsam verschwommenes Bild. Keine Erde zu erkennen.«

»Wie sollte das möglich sein?« Natalya kaute an einem Fingernagel.

»Sicher nur ein Datenfehler«, versuchte Hannes zu beruhigen. »James kann die Erde mit eigenen Augen draußen sehen.«

»Was ist, wenn er tatsächlich lügt?«, gab Tián leise zu bedenken.

»Warum sollte er das tun?«, erwiderte Hannes.

»Was ist, wenn Sang-hee recht hat? Wenn sein Präsident ...« Tián traute sich nicht, den Verdacht auszusprechen. Er hielt sich mit beiden Händen an dem gelben Haltegriff neben dem Durchgang fest. Sein Körper schwebte waagerecht.

»Du meinst ... es könnte einen Atomkrieg gegeben haben?«, führte Hannes den Gedanken zu Ende.

»Ja, die atomare Vernichtung«, mutmaßte Tián. »Drohungen gab es in letzter Zeit zur Genüge. Das hat sich Sang-hee nicht ausgedacht.«

Bevor jemand etwas erwidern konnte, hörten sie James Bakers Stimme. Ungeduld schwang darin mit. »Könntet ihr bitte die Backbordschleuse öffnen? Mein CO_2-Filter ist gesättigt.«

»Sang-hee. Was ist mit der Schleuse?«

»Nein!«, hörte Hannes die Stimme der Asiatin.

»Was soll das heißen *Nein*?«

»Soll heißen, dass ich diesen Mörder nicht rein lasse.« Ihre Stimme hallte laut und scharf durch das Schiff.

Natalya runzelte die Stirn: »Sang-hee. Mach die Schleuse auf! Das ist ein Befehl!«, brüllte sie.

»Du hast mir gar nichts zu befehlen. Dieser Scheißkerl hat die Erde gesprengt. Er soll da draußen verrecken!«

»Was geht denn bei euch da drinnen vor sich?« Hannes hörte James' Atemgeräusche. Er bemerkte, dass der Commander erregt war. »Verflucht, lasst mich rein! Das ist ein Befehl.«

»Befehl? Das ist hier kein Militärschiff. Du kommst hier nicht rein. Ich habe die Schleuse blockiert«, brüllte Sang-hee.

»Verdammte Scheiße, du kannst mich doch nicht hier draußen verrecken lassen!«

Natalya stieß sich von der Modulwand ab und setzte sich in Bewegung. »Komm mit, Tián! Wir müssen den Commander reinlassen. Sang-hee scheint völlig übergeschnappt zu sein.« Tián folgte der Frau.

Hannes blickte Chloé an. Schweiß glitzerte auf ihrer Stirn. Er betrachtete wieder die Monitore vor sich und holte sich die Bilder vom Inneren der Schleuse und vom Schleusenvorraum auf den Schirm. Diese Kameras funktionierten noch. Vor der Schleuse sah er Tián und Natalya eintreffen. Sang-hee bedrohte sie mit einer Metallstange.

»Was soll das, Sang-hee?«, hörte er Natalyas Stimme.

»Er hat die Erde mit seinen Atomwaffen gesprengt.«

»So ein Quatsch, das ist unrealistisch«, entgegnete Natalya.

»Du hängst da bestimmt auch mit drin. Gemeinsam habt ihr 90 Prozent aller atomarer Sprengköpfe. Irgendwelche Idioten von euch haben auf den Knopf gedrückt.«

Ein rhythmisches Warnsignal dröhnte im Kommunikationssystem. Es kam aus James' Anzug. Sein CO_2-Filter war, wie angekündigt, gesättigt und das Gas hatte einen kritischen Wert angenommen. Hannes sah auf die Anzeige von James' Biowerten. Die Sauerstoffsättigung war auf niedrigem Niveau, seine Atemfrequenz auf Null. Hannes wusste, dass James ein ehemaliger Seal war und die Luft minutenlang anhalten konnte. Das tat er jetzt vermutlich und versuchte dadurch einer CO_2-Vergiftung zu entgehen.

»Du spinnst doch, Sang-hee«, mischte sich Tián ein. Er machte eine Bewegung auf die Frau zu. Sie stieß mit der Metallstange nach ihm, verfehlte ihn aber. Sang-hee schob sich langsam von der Schleuse weg. Sie attackierte Tián noch einmal mit der improvisierten Waffe. Natalya nutzte die Gelegenheit und öffnete die Schleusenverriegelung.

Hannes sah über die Kamera, wie sich die Schleusenklappe in Zeitlupe öffnete. Nach fast sechs Minuten konnte James seinem Atemreflex offensichtlich nicht mehr widerstehen, denn seine Atmung setzte wieder ein. Er glitt ins Innere. Die CO_2-Konzentration überschritt gerade die gefährliche Acht-Prozent-Marke. James' Atmung war hechelnd, das Herz raste.

Natalya machte sich an der Automatik zu schaffen und schloss die Schleuse wieder. Aus Sicht der Schleusenkamera sah Hannes, wie James bewegungslos in der Schleuse trieb, deren Druck Natalya nun ausglich. Sang-hee war mittlerweile aus Hannes Sichtbereich verschwunden. Er beobachtete, wie Natalya und Tián in die Schleuse schwebten und James den Helm abnahmen.

»Er ist bewusstlos«, hörte er die Frau. »Schnell, Sauer-stoff!«

Tián zog an einer Maske an der Wand und stülpte sie dem Commander über Mund und Nase. Seine Werte norma-lisierten sich. Wenig später kam er wieder zu sich.

»Wo ist sie?«, fragte James als erstes.

Natalya half ihm aus dem Raumanzug. »Ich weiß nicht. Wir werden sie suchen. Du solltest dich etwas ausruhen.«

»Auf keinen Fall. Sie hat meinen Tod billigend in Kauf genommen. Wir müssen sie finden.«

Hannes spürte, wie Chloé zusammenzuckte. Ihre Hand lag auf seiner Schulter. Er sah von den Monitoren auf und er-blickte Sang-hee. Sie hatte noch immer die Metallstange als Waffe in der Hand. Diese schien von einem Träger aus dem Labor zu stammen.

»Was soll das, Sang-hee?«, fragte Chloé. »Leg das Ding weg.«

»Begreift ihr das alle nicht? Die Erde ist weg. Wir können nie mehr nach Hause. Unsere Familien sind ausgelöscht. Wir sind verloren.« Ihr Gesicht war von Verzweiflung verzerrt. In ihren Augen sammelten sich Tränen. Die Oberflächen-spannung der Flüssigkeit hielt diese wie eine dicke Linse dort fest. Die Frau blinzelte und beförderte die Tränen als transpa-rente Kügelchen in den Raum.

»Das wissen wir doch gar nicht, Sang-hee. Beruhige dich. Du steigerst dich da in etwas hinein. Ja, wir haben von dem wiederaufgeflammten Konflikt eurer beider Nationen gehört. Und ja, die Messinstrumente zeigen derzeit ungewöhnliche Daten. James hat die Erde mit eigenen Augen gesehen. Aber wir müssen das nüchtern betrachten ...«

»Nüchtern betrachten?«, wurde Hannes von der Frau unterbrochen. Ihre Stimme überschlug sich. »Er hat mit totaler Vernichtung gedroht und nun ist die Erde verschwunden.«

»Nicht James hat das getan, falls es wirklich so sein sollte«, warf Chloé mit bemüht ruhiger Stimme ein.

»Aber James lügt uns an, da er mit denen unter einer Decke steckt. Ihr seid doch alle verrückt! Wie könnt ihr in dieser ausweglosen Situation nur so ruhig bleiben?«

»Weil ich die Situation noch nicht überblicke«, gab Hannes zu. »Es könnte immer noch eine Fehlfunktion vorliegen.«

»Eine Fehlfunktion von was?«, brüllte Sang-hee. »Es liegt hier eine Fehlfunktion von Menschen vor. Ja, das ist es.«

»Wenn das so wäre, dann wart ihr der Auslöser«, murmelte Chloé mit zusammengekniffenen Augen.

»Nicht.« Hannes fasste Chloés Hand und schüttelte den Kopf.

»Ach ja?« Aus Sang-hees Blick sprach pure Wut. »Ihr hortet alle seit Jahrzehnten Massenvernichtungswaffen und macht es anderen zum Vorwurf, wenn sie nachziehen, um sich zu verteidigen?«

»Das ist nicht korrekt, Sang-hee. Wir haben derlei Waffen nicht«, entgegnete Hannes. Sofort bereute er, dass er sich in diese absurde Diskussion hatte hineinziehen lassen. Die Frau war offenbar völlig verwirrt durch ihre Panik und setzte die Crewmitglieder mit ihren Nationen gleich. Das war absurd. Er musste versuchen, sie zu beruhigen.

Sang-hee richtete ihre Waffe gegen Chloé. »Aber eure Verbündeten verfügen sehr wohl darüber.«

»Hör auf, Sang-hee!« Hannes schob sich zwischen die Frauen. »Beruhige dich. Wir müssen jetzt zusammenhalten und gemeinsam eine Lösung finden.«

Sang-hee blickte ihm direkt in die Augen. Ihre Hand zitterte und sie nahm die Metallstange langsam aus der Angriffsposition zurück.

In diesem Moment kam James in das Steuermodul geschossen. Er packte einen der Haltegriffe, um abzubremsen und schlug gegen die Monitore. Es krachte.

»Ich bring dich um, Sang-hee«, brüllte er.

Die Frau zuckte zusammen und hielt ihre Waffe wieder kampfbereit vor sich. Unsicher blickte sie sich um. Es gab keinen Fluchtweg. Die beiden Ausgänge waren nun von Natalya und Tián versperrt.

Hannes stieß sich Richtung des Commanders ab und streckte die Hand nach ihm aus. „Wir sollten erst mal einen kühlen Kopf bewahren, James. Sang-hee hat überreagiert. Doch du bist der Commander und solltest die Situation nicht noch mehr anheizen.«

James ignorierte den Freund, stieß sich ab und vollführte eine Rolle über Hannes hinweg. »Ich bring dich um, Sang-hee!«, wiederholte er. Mit den Füßen trat er gegen den Körper der Frau. Sie wurde nach hinten geschleudert und prallte gegen die Modulwand. Dadurch flog sie wieder auf James zu, der sich abermals in ihre Richtung gestoßen hatte.

Natalya und Tián schwebten aus den Durchgängen heraus, auf die beiden Kämpfenden zu. Chloé versuchte Sang-hees Handgelenk zu greifen, um ihr den Stab aus der Hand ziehen zu können. Die Crew der *Collaboration* war nun nur noch ein Bündel aus Armen und Beinen, das verknäuelt ineinander durch das Steuermodul flog wie eine Kugel durch einen Flipper-Automat. Hannes erinnerte das Gebaren seiner Freunde an eine Meute Wölfe, die übereinander herfiel. Natalya hatte James gepackt und wollte ihn von Sang-hee wegreißen. Doch es fehlte ihr der Widerstand. Die

Schwerelosigkeit arbeitete gegen sie. Hannes quetschte sich zwischen den Commander und die Asiatin. Tritte und Schläge wurden wahllos ausgeteilt. Wie ein Ball in den Wellen des Ozeans taumelte das Bündel Menschen durch den Raum. Köpfe prallten an Wände, Beine und Rippen gegen Apparaturen und die Stöße gaben dem Ball eine neue Richtung, eine neue Rotation um eine andere Achse. Hannes spürte einen Tritt in den Rücken, wurde nach vorn geschleudert, etwas bohrte sich in seine Brust und versetzte ihm einen erneuten Stoß in die entgegengesetzte Richtung. Ein Gefühl wie ein Elektroschock durchzuckte ihn. Er schrie auf. Wie ein Tropfen löste er sich aus der Menge und trieb langsam von ihr weg. Er versuchte zu atmen, spürte jedoch einen so unbeschreiblichen Schmerz in der Brust, dass er den Atem anhielt. Seine Finger ertasteten etwas kaltes Dünnes. Er blickte an sich herunter und musste mit Entsetzen feststellen, dass Sang-hees Metallstange mitten in seinem Brustkorb steckte. Sein hellblaues T-Shirt färbte sich an dieser Stelle dunkelrot. Er fühlte sich machtlos und konnte keinen klaren Gedanken fassen. Es war unheimlich still geworden.

Ein Schrei ließ ihn aufblicken. Es war Chloé. Sie stierte ihn schockiert an. Die anderen waren um sie gruppiert – nun wieder als Crew und nicht als Horde wilder Raubtiere.

»Was haben wir getan?«, presste James hervor.

»Das habe ich nicht gewollt«, flüsterte Sang-hee entsetzt.

Hannes tockte mit dem Rücken gegen eine Wand. Sein Flug war so langsam gewesen, dass er nun durch die Trägheit seines Körpers abgebremst wurde. Der leichte Aufprall ließ seine Gedanken wieder in Gang kommen. Er blickte auf das Metallstück in seiner Brust. Mit einem Ruck und einem Schrei riss er es heraus. Es entglitt seinen Fingern und entfernte sich allmählich von ihm, einen Kometenschweif aus roten Kügelchen nach sich ziehend. Er hustete. Purpurne wabernde Kugeln strömten aus seinem Mund und seiner Brust in den Raum.

»Wir müssen etwas tun!«, hörte er Chloé.

»Tián, hol das Medic-Pack! Und Blutkonserven ...«, befahl der Commander. »Was haben wir nur getan.«

Sang-hee schluchzte: »Ich war das nicht. Ich hatte die Stange nicht mehr in der Hand.«

»Scheiß egal, wer das Ding in der Hand hatte«, brüllte Natalya. »Wir haben Hannes auf dem Gewissen.«

Hannes beobachtete die Menschen – mit denen er in den letzten Monaten innig zusammengewachsen war, mit denen er gerade erst seinen Geburtstag gefeiert hatte, die sich Familie genannt hatten – befremdet und aus der Distanz. Die Gesichter verschwammen vor seinem Blick. Nur Chloé konnte er noch deutlich erkennen. Vor den Augen der Frau hatten sich ihre Tränen zu Wasserkuppeln gesammelt, die wie durchsichtige Marswohnmodule wirkten. Sie fuhr mit der Hand darüber und die Flüssigkeit bildete Kügelchen, die in den Raum schwebten.

»Wo bleibt Tián?«, rief James. Er machte Anstalten, sich Richtung Hannes begeben zu wollen, als der Mann mit dem Medic-Pack durch den Eingang geflogen kam.

Das Kommunikationsgerät begann zu rauschen. Die Crew drehte sich zum Monitor um. Ein störungsbehaftetes Bild eines Gesichtes erschien. Dann erfüllte eine Stimme die Steuereinheit: »*Collaboration*, hier ist die Flugleitung. Wir freuen uns, Sie wieder auf dem Schirm zu haben. Wahrscheinlich haben Sie sich schon Sorgen gemacht, da Ihre Messinstrumente und Sensoren falsche oder keine Bilder und Werte lieferten. Vor einigen Stunden hatte es eine extrem starke Sonneneruption gegeben. Das komplette Satellitensystem der Erde war für mehrere Stunden ausgefallen. Da es keinen Röntgenblitz gab, war die Vorwarnzeit so gering, dass Sie von sämtlichen Anzeigen verschwunden waren, bevor wir Sie kontaktieren konnten. Wir hoffen, dass es Ihnen gut geht und dass das Schiff keinen Schaden erlitten hat. Schicken Sie bitte einen Statusbericht.«

Sang-hee begann zu kreischen. Andere schluchzten.

Hannes fühlte, wie sich seine Augen mit Tränen füllten. Chloé kam auf ihn zu. Er spürte, wie sie ihre Hand auf seine Brust presste. Auch James war jetzt bei ihm und schlang seine Arme von hinten um ihn, damit Chloés Druck einen Widerstand hatte.

»Halte durch«, flüsterte der Commander. »Springer auf c8.«

»Schach«, antwortete Hannes matt.

Das Bild vor seinen Augen begann zu verschwimmen. Er sah nur noch die roten Kugeln, die aus seinem Brustkorb strömten und vor ihm ein winziges Universum purpurner Planeten entstehen ließen. Die Kälte des Alls breitete sich in ihm aus. Einer der kleinen Himmelskörper schwebte auf ihn zu. Während sich alles um ihn herum in Dunkelheit verlor, glaubte er in der glänzenden Oberfläche der roten Kugel Krater und Kanäle zu erkennen. Er hatte seit Tagen diese Vorahnung gehabt, dass ihm der rote Planet kein Glück bringen würde. Nun hatte sie sich bestätigt.

Mars, der Gott des Krieges, schoss es durch seinen Kopf.

DIE FASZINATION DER EINSAMKEIT

»Dies ist ein kleiner Schritt für einen Menschen, aber ein gewaltiger Sprung für die Menschheit.«

Nach einhundert Jahren – auf den Tag genau – stehe ich hier auf einer Mondlandschaft und darf diesen Satz sagen. Eine Welle der Erregung durchstreift meinen Körper. Ich bin stolz und zugleich nervös, wie ein Kind an seinem ersten Schultag. Die Jubelschreie der Milliarden von Menschen, die in etwa neunzig Minuten in den Erdäther schallen werden, kann ich nicht hören. Doch ich stelle mir vor, wie die Menschen vor ihren Flatscreens sitzen und dieses Ereignis miterleben. So muss es vor hundert Jahren gewesen sein, als Aldrin und Armstrong auf dem Mond landeten.

Neben mir stehen Aja und Fin. Wir blicken auf eine atemberaubende Landschaft. Vor uns ein Reich aus Eis. Krater, wohin das Auge blickt. Hinter uns leuchtet die Sonne als großer Stern am schwarzen Himmel. Sie ist unendlich weit entfernt. Hinter der eisigen Kraterlandschaft steht ein gewaltiger Planet halb über dem Horizont – Jupiter. Die bunten Wolkenbänder von grau bis orange umhüllen leuchtend seine Oberfläche. Sein Großer Roter Fleck ist plötzlich zum Greifen nahe. Der größte Wirbelsturm unseres Sonnensystems. Und er existiert schon seit mindestens vierhundert Jahren. Ich fühle mich wie in einem Film, unreal, unwirklich. Kann es noch nicht richtig begreifen, dass ich wirklich hier stehe – hier auf Ganymed, dem größten Mond des Sonnensystems – und auf den größten Planeten unseres Sonnensystems blicke. Unvorstellbar, aber wahr.

»Ich bin überwältigt«, rauscht Fins Stimme durch die Lautsprecher meines Helms.

»Und ich bin sprachlos«, antwortet Aja neben mir.

»Und ich fühle mich wie Michael Collins. Aber selbst von hier aus ist der Anblick einzigartig«, kommentiert auch Henrik das Schauspiel.

Ich blicke nach oben und kann einen kleinen leuchtenden Punkt im Schwarz des Alls erahnen, der sich relativ schnell bewegt. Etwa einhundert Kilometer über uns zieht unser Forschungsschiff *Apollo 21* seine Kreisbahn, in dem Henrik die Stellung hält. Auch Collins hatte damals bei der Mondlandung im Mutterschiff verharren müssen.

Der Name unseres Schiffs soll an die erste bemannte Mondlandung vor einhundert Jahren durch die Apollo 11-Mission erinnern. Die 21steht für das 21. Jahrhundert und ist auch eine Weiterführung der ehemals 20 geplanten Apollo-Mondmissionen, von denen 17 durchgeführt wurden.

Nun stehen wir hier, am Ziel. Doch wir hatten die Mission schon als gescheitert gesehen:

Ein leichtes Vibrieren ging durch den Lightcraft. Das kam vom Pulsieren des Lasers. Ich blickte durch das Fenster und sah die Bodenstation immer kleiner werden. Den Laserstrahl, der das atmosphärische Gas im Brennpunkt des reflektierten Strahls an der Unterseite unseres Fahrzeuges auf fast fünfundzwanzigtausend Grad Celsius erhitzte, konnte ich nicht erkennen, da er genau unter mir war.

Mitten in der schwedischen Wildnis startete einmal täglich ein Pendler zum Mond, wie in vielen Gegenden der Erde. Hier in Esrange donnerten längst keine Raketen mehr in den Orbit, sondern Lightcrafts – Mondshuttle mit Parabolspiegel an der Unterseite zum Reflektieren eines Laserstrahls. Fast wie spitzhütige Quallen im Ozean schoben sie sich elegant ins All. Runde Schirme, glänzend und reflektierend. Anstelle der Tentakel ein Plasmakegel. Das Gas der Erdatmosphäre wird durch den Bodenlaser so stark erhitzt, dass es sich explosionsartig ausdehnt. Der Impuls wird größtenteils auf den Reflektor übertragen und somit das Fluggerät vorwärtsgetrieben. Zwischen zwei Laserimpulsen strömt neues, kühles Gas nach. Sobald das Fahrzeug die Atmosphäre verlassen hat und nicht mehr genug Gas vorhanden ist, wird eine mitgeführte Stützmasse zugeführt und übernimmt die Aufgabe. Dazu verwendet man meist ein Homopolymer. Dies ist ab ungefähr elf Kilometern Höhe der Fall.

Meine fünf Mitinsassen konnte ich nicht sehen, da unsere Sitze ringförmig nach außen angeordnet waren. Doch jeder hatte ein kleines Fenster, um den Flug zu beobachten. Ein kleines bisschen Luxus – vor allem für die Touristen installiert. Doch wir Sechs waren auf anderer Mission unterwegs. Unser Start in Esrange wurde umjubelt und gefeiert. Und vom Fernsehen überall in der Welt ausgestrahlt. Es war aufregend. In fünf Stunden würden wir auf dem Mond sein.

Vor meinem Inneren Auge hatte ich damals meine Crew vor mir gesehen, die auf den ringförmig angeordneten Sitzen neben und hinter mir saß: Sören Anderson mein Co-Pilot und Navigator. Ein Schwede, der gerade seine Heimat von oben betrachtete. Sein blondes Haar wirkte immer irgendwie ungekämmt. Doch seine blauen Augen beobachteten die Welt interessiert und jeder Zeit gut gelaunt. Ich hatte mein Herz an ihn verloren und er sein Leben auf dieser Mission. Es tut mir weh, wenn ich an ihn denke, denn er hat unser Ziel nicht erreicht. Doch das konnte ich damals noch nicht wissen, als wir vor fast zweieinhalb Jahren zum Mond aufbrachen, um unser Forschungsschiff auf dem Interplanetaren Raumflughafen *Moonport Jules Verne* zu besteigen.

Dann gibt es noch unseren Mediziner Fin Hawke, Henrik Lindberg unseren Geologen, unsere Informatikerin Joyce Jalowski sowie Aja Dupont. Eine Gemeinsamkeit haben Aja und ich: unser Studium in Aachen. Sie studierte Raumfahrttechnik und ich Physik.

Ich bin übrigens Ella Goldammer. Ich arbeitete bei der DLR in Köln und erforschte zukünftige Raumtransportsysteme. Irgendwie wurde ich dann zur Kommandantin dieses Unternehmens. Ich hoffte, dass ich dieser Aufgabe gewachsen sein würde. Denn ich war mir bewusst, dass es auf einer fünfjährigen Reise unter sechs Menschen sicher auch Probleme zu lösen galt, die nicht technischer Natur waren.

Unser Lightcraft transportierte uns sicher auf seinem Laserstrahl zur Mondbasis. Nach ein paar Tagen der Akklimatisierung und des Durchcheckens der Systeme, machten wir uns auf unsere lange ungewisse Reise. Es war ein Pilotprojekt. Noch nie waren Menschen in diese Weite des Alls vorgestoßen. Bis jetzt waren der Mond und der Mars die einzigen Himmelskörper auf denen ein Mensch den Fuß gesetzt hatte.

Unser Forschungsschiff *Apollo 21* würde das erste bemannte Raumschiff sein, das mit einem Plasmatriebwerk angetrieben wird. Im Fachjargon nennt man es Magnetfeldoszillationsantrieb. An Sonden und Satelliten war es schon erprobt. Doch dies hier war etwas anderes. Eine bemannte Mission.

Endlich begann unsere Reise. Die Plasmaquelle unseres Antriebs erzeugte einen Strom ionisierter Teilchen. Vormals benutzte man Xenon. Doch unser neuer Antrieb nutzte Kohlenwasserstoffcluster. Denn C60 Cluster sind fünfmal schwerer als das Edelgas und es ist einfacher aus einem Verband ein Elektron herauszuschlagen, um das Gas zu ionisieren. Im Zentralrohr driften die Teilchen Richtung Austrittsdüse. Sie reagieren auf die beiden Magnetfelder, die durch die Primär- und Sekundärspule aufgespannt werden. Die Primärspule formt durch ihr permanentes Arbeiten die Austrittsdüse des Antriebs. Die Sekundärspule dagegen wird zyklisch ein- und ausgeschaltet. Dadurch werden die Feldlinien des Magnetfeldes verformt, wodurch die so genannten Alfvén-Wellen erzeugt werden. Sie dienen dazu, das Antriebsmedium zu transportieren, zu komprimieren und aufzuheizen. Somit entsteht ein System, das die hohe Effizienz eines elektrischen Antriebssystems und den hohen Schub durch die Beschleunigung hoher Teilchenmengen eines thermischen Systems miteinander kombiniert. Der Nachteil ist jedoch der hohe Energiebedarf, der sich zurzeit nur mit einem Fusionsreaktor decken lässt.

Doch nicht nur für den Antrieb sind hohe Mengen an Energie notwendig. Auch die künstliche Schwerkraft, benötigt den Reaktor. Auf der bewohnten Länge des Raumschiffs, sind im Boden Ringe aus Niob angebracht. Durch Abkühlung dieses Metalls auf minus 264 Grad Celsius ist es in der Lage, Strom widerstandslos zu leiten. Diese so entstandenen Supraleiter werden dann auf zehntausend Umdrehungen pro Minute beschleunigt und erzeugen so – entgegen der Einsteinschen Relativitätstheorie – masseunabhängige Gravitation. Dieses Prinzip wurde schon ungefähr 2008 von dem Physiker Martin Tajmar im österreichischen Seibersdorf entdeckt. Doch erst in den letzten zehn Jahren gelang der Durchbruch, der diese künstliche Schwerkraft für die Raumfahrt nutzbar machte.

Nach einigen Tagen hatten wir unsere Reisegeschwindigkeit erreicht und starteten die Experimente und Untersuchungen. Als wir fast eineinhalb Jahre unterwegs waren und sich alles in Routine eingespielt hatte, begannen die Pannen. Siebzehn Monate im All hinterließen Spuren. Henrik – unser verträumter Däne – flüchtete sich immer öfter in seine Welt aus klassischer Musik und Büchern. Schon immer hatte er in seiner Freizeit jedes Buch, das ihm zwischen die Finger geriet, verschlungen. Von seinem großen Allgemeinwissen konnte jeder in seinem Umfeld profitieren. Doch nun machte ihm die Einsamkeit des Weltalls so sehr zu schaffen, dass er sich in seinen Traumwelten zu verlieren drohte.

»Lasst mich in Ruhe!«, brüllte er, obwohl er sonst ein ruhiger besonnener Mensch war, »ich will niemanden sehen!«

Joyce trieb unentwegt Sport und stand ständig unter Strom. Sie und Aja hegten eine unerklärliche Antipathie. Das begann vor vier Monaten. Seit dieser Zeit hielten sie sich möglichst nicht im selben Raum auf. Sie beäugten sich wie Raubkatzen.

Unser Arzt Fin dachte, keiner würde merken, wie er sich heimlich an den Anästhetika bediente. Er fand den einsamen und irgendwie dahin dümpelnden Zustand im Raumschiff unerträglich. So betäubte er sich mit kleinen Mengen der verschiedensten Mittel, die er in seinem Medizinschrank vorrätig hatte.

Ich fühlte mich hilflos. Wahrscheinlich litt jeder auf seine Art an einem Weltraumkoller. Sören und ich verkrochen uns wie Teenager in meiner oder seiner Koje und genossen die Zweisamkeit in allen erdenklichen Stellungen.

Wir waren alle auf diese Mission vorbereitet worden, hatten alle Handgriffe trainiert. Doch auf die Einsamkeit und Sinnlosigkeit des Lebens im All konnte uns niemand vorbereiten. Irgendwann waren uns die Experimente egal. Der Kontakt zur Erde wurde bedeutungslos, nur antrainierte Statusmeldungen. Die Menschheit, so schien uns, hatte kein Interesse mehr an uns, hatte uns vergessen. Auch wir wurden apathisch und interessenlos. Jeder flüchtete sich in seinen Mikrokosmos aus Drogen, Musik, Sport oder Sex.

Wir versuchten zwar nach einem irdischem Tag- und Nachtrhythmus zu leben, doch ohne die Existenz einer Sonne, eines Sonnenauf- und Untergangs war es schwer sich an die Zeit zu erinnern.

Es war gegen vier Uhr morgens, als ein Alarm uns weckte. Sören lag neben mir in der Koje und ließ sich von dem durchdringenden Geräusch nicht aus der Ruhe bringen. Er lächelte mich an und küsste mich zärtlich auf den Mund. Ich umschlang seinen nackten Körper und ließ mich von seinen Liebkosungen wegtreiben. Doch der schrille Ton marterte mein Hirn, also löste ich mich widerwillig aus seiner Umarmung:

»Ich muss nachsehen, was los ist, Sören.«

»Okay, ich komme mit.«

Wir streiften uns Hosen und T-Shirts über und begaben uns in die Steuerzentrale. Joyce saß schon an der Konsole und überprüfte die Systeme. Unsere Informatikerin – der Kontakt zu unserem Computersystem – war dafür zuständig, dass die Kommunikation zur Erde funktionierte und die Lebenserhaltungssysteme. Und wenn sie nicht vor den Monitoren hockte, joggte sie am liebsten. Doch das ist im Weltraum nicht ganz einfach. Wir hatten aber ein Laufband im Trainingsraum und das nutzte sie intensiv. So auch an diesem imaginären Morgen. Deshalb war sie als erste im Steuermodul.

»Ein Problem mit dem Antriebssystem«, erläuterte sie kurz.

Inzwischen waren auch Fin, Henrik und Aja eingetroffen.

Aja blieb in der Tür stehen. Blickte misstrauisch zu den Monitoren. Fin erbarmte sich und schaltete endlich den Alarm ab. Seine Hände zitterten leicht, als er den Knopf betätigte. Henrik gähnte. Sören lehnte an der Wandverkleidung und betrachtete Joyce abwartend.

Es war das erste Mal seit Monaten, dass wir alle im selben Raum zur selben Zeit zusammen waren. Ich merkte, wie jeder sich unwohl fühlte. Selbst ich, die Kommandantin, hatte ein seltsames Gefühl bei diesem Treffen. Aja brach zuerst das Eis.

»Ich seh es mir mal an.«

Sie blickte zu Joyce und diese nickte wider Erwarten. Auch der Rest der Crew scharte sich nun um die Monitore. Gemeinsam versuchten wir, den Fehler zu finden. Gemeinsam. Dieses Wort ist uns in letzter Zeit abhanden gekommen.

»Es sieht so aus, als ob ein kleiner Meteorit das Raumschiff beschädigt hat«, war Ajas Analyse. »Ich kann die beschädigte Stelle ungefähr hier lokalisieren.«

Sie tippte auf den Monitor, wo die Baupläne des Schiffs zu sehen waren. Aja Dupont ist schwarz wie das All. Sie war in dritter Generation in Frankreich geboren. Ihre Ahnen stammten jedoch aus Afrika. Ihr größter Traum ist es, einmal diesen Kontinent zu bereisen. Doch bis jetzt hatte sie ihn nur aus der Luft betrachten können. Als Raumfahrttechnikerin war sie schon oft auf dem Mond gewesen und hatte dort in verschiedenen Stationen gearbeitet. Nun war sie wieder auf dem Weg zu einem Mond. Dem größten im Sonnensystem. Die letzten Monate hatte sie sich mit Fachbüchern und Computermodellen beschäftigt. Wie alle Anderen, hatte sie sich in ihre eigene Welt zurückgezogen. Die Differenzen mit Joyce waren im Moment vergessen.

Wir hatten ein Problem – und das war gut. Es war plötzlich gut, ein Problem – eine Aufgabe zu haben, die alle aus ihrer Lethargie riss.

»Es könnte sein, dass Leitungen beschädigt sind, die das Antriebssystem außer Gefecht gesetzt haben«, fügte sie noch hinzu.

Mit ungutem Gefühl entschied ich: »Sören und Aja werden den Außeneinsatz durchführen und das Schiff reparieren.«

Aber Joyce widersprach sofort: »Ach Ella, lass mich rausgehen. Aja kann mich über Funk anleiten. Falls Leitungen beschädigt sind, kenne ich mich besser aus.«

»Gut, wenn du meinst, Joyce. Dann geh.«

Wir halfen alle den beiden bei den Vorbereitungen. Fin stülpte ihnen die Helme über. Er war in Schottland aufgewachsen. Ein echter Highlander – groß und breitschultrig. Während seines Medizinstudiums in Cambridge spielte er Rugby. Er sah irgendwie überhaupt nicht aus wie ein Arzt. Naja, in letzter Zeit waren seine Muskeln etwas erschlafft, da er statt Sport seine Zeit mit Drogen verbrachte. Trotzdem war er immer noch eine imposante Erscheinung.

Er klopfte Sören lachend auf den Helm: »Alles klar. Ich überwache eure Biodaten. Bringt das Schiff wieder zum Laufen. Ich möchte hier keine Wurzeln schlagen.«

Wir vier saßen an den Monitoren und beobachteten über die Helmkameras das Außenteam. Nach einer Stunde hatten sie die Stelle am Schiff erreicht.

»Okay, es tritt Gas aus«, rauschte Joyce Stimme durch die Kommunikationsanlage.

Wir konnten ein kleines Loch in der Außenhaut sehen und eine weiße Wolke, die daraus hervor strömte.

»Könnt ihr das Leck schließen?«, fragte ich.

»Ah! Scheiße!«, war die Antwort.

»Was ist los?«

Sören antwortete: »Hier fliegen immer noch kleine Meteoriten herum. So ein Sch…«

»Gut. Dann kommt zurück. Wir überlegen uns einen anderen Plan«, ordnete ich an.

»Nein«, konterte Joyce. Über ihre Helmkamera konnten wir kurz Sören sehen.

»Ich möchte aber nicht, dass ihr ein Risiko eingeht«, erwiderte ich.

»Ich hab´s gleich.«

»Lass gut sein Joyce …«, hörten wir Sören. Dann ein Schrei von ihr und wieder ein Fluch von Sören. Seine Kamera fiel aus und zeigte nur Grau. Joyce Kamera zeigte nur die Schwärze des Alls.

»Was geht da draußen vor?«, schrie ich ins Mikro.

»Joyce wurde von etwas getroffen. Sie driftet ab. Ich muss sie holen.«

»Nein, Sören!«, schrie ich. Doch im selben Moment schämte ich mich für diese Reaktion. Ich war für alle hier verantwortlich. Nicht nur für ihn.

»Okay, gib mir einen Lagebericht«, fügte ich schnell hinzu.

Wir hörten Sörens Atem. »Joyce driftet schnell weg. Meine Steuerdüsen schaffen es nicht. ... Doch ... gleich ...«

»Gehe kein Risiko ein! ... Joyce! Kannst du mich hören? Gib uns ein Zeichen!«

Aber es kam nichts.

»Fin, was ist mit den Biodaten?«

Er tippte auf der Tastatur herum. »Ich habe keine Verbindung zu ihr«, entgegnete er hecktisch.

Hatte der Meteorit ihren Anzug beschädigt? War sie tot? Sollte ich Sörens Leben aufs Spiel setzen, um eine Tote zu bergen?

Plötzlich meinte Aja: »Wir können sie nicht einfach aufgeben! Ich werde rausgehen.«

»Nein«, entschied ich. »Ich kann nicht zulassen, dass sich noch jemand in Gefahr begibt!«

Wieder Sörens Stimme: »Ich hab sie gleich ... Scheiße ... ich bin getroffen ... Ella ...«

»Sören! Nein! Komm zurück!«

Rauschen.

Flatline.

»Sören!«, ich kreischte wie von Sinnen seinen Namen. Ab dann kann ich mich an nichts mehr erinnern.

Als ich aufwachte, sah ich Fins freundliches Lächeln. Ich wollte Aufstehen, doch er drückte mich sanft zurück.

»Bleib liegen, Ella.«

»Was ist mit Joyce?«, fragte ich.

Er schüttelte den Kopf.

»Sören?«

Sein Ausdruck in den Augen sagte alles.

Ich brauchte etwas Zeit, doch dann fand ich wieder zu mir. Aja hatte in meiner Abwesenheit den Antrieb repariert. Sie konnte das Leck verschließen. Henrik assistierte am Monitor. Diesmal wurde sie von Fin mit einer Leine gesichert. Das Meteoritenfeld war schon an uns vorbeigezogen. Es gab keine weiteren Schäden oder Opfer zu beklagen.

Wir alle hatten uns plötzlich wiedergefunden. Wir absolvierten unser Tagesprogramm, diskutierten fachliches, erzählten uns persönliches, aßen gemeinsam, trieben Sport, lachten. Mussten erst einige von uns sterben, um uns andere ins Leben zurückzuholen? War das die Faszination des Weltalls, der Einsamkeit, des Verloren seins?

Nun stehen wir hier und blicken auf diese atemberaubende eisige Landschaft aus Kratern. Hinter uns leuchtet die Sonne als großer Stern am schwarzen Himmel. Sie ist unendlich weit entfernt. Jenseits der eisigen Kraterlandschaft steht ein gewaltiger Planet halb über dem Horizont – Jupiter. Wunderschön.

Ich denke an Sören und Joyce.

Langsam lösen wir uns von dem atemberaubenden Anblick. Das Camp muss errichtet werden, um uns vor den Temperaturen von minus 160 Grad Celsius und der für uns nicht atembaren, obgleich sauerstoffhaltigen, Atmosphäre zu schützen. Wir haben nur wenige Tage Zeit, um verschiedene Stellen der Oberfläche von Ganymed zu untersuchen, Gesteinsproben, Eisproben und Proben der dünnen Sauerstoffatmosphäre zu entnehmen. Unser Forschungsschiff wird inzwischen über einer polaren Bahn eine genaue Karte der Oberfläche des Riesenmondes erstellen.

Vielleicht wird er eines Tages eine neue Heimat für einen Teil der Menschen sein, wenn wir unsere Erde gänzlich unbewohnbar gemacht haben.

Und als ich noch einmal zum Himmel aufblicke, flattert ein buntes Lichterband darüber – von grün bis violett pulsiert es über dem Pol. Ein Polarlicht. Ich fühle mich für einen kurzen Moment fast heimisch.

SCHROTTSAMMLER

»Das ist aber ein gewaltiges Ding.« Zenon pfiff anerkennend durch die Zähne.

»Können wir es aufnehmen?«, fragte der Captain skeptisch. Er hielt sich mit beiden Händen an den Griffen neben dem Fenster fest und stierte angespannt hinaus. Der Rest seines Körpers schwebte schwerelos mitten im Kommandomodul der *Debris Trap One*. Es war nicht mehr nötig, die Augen auf den Bildschirm zu richten, denn der Schrotthaufen, der einst ein Umweltsatellit namens *Envisat* war, konnte nun mit bloßem Auge von dem Müllsammelschiff aus betrachtet werden. Was die fünf Augenpaare der Besatzung nun auch taten.

»Ich denke schon, Alexander. Ich gleiche unsere Geschwindigkeit dem toten Satelliten an, dann packen wir ihn mit dem Greifarm.« Die Stimme des Navigators klang mechanisch, wie die eines Roboters. Nach seiner kurzen menschlichen Gefühlsregung – dem Pfiff – verfiel er eilig wieder in Konzentration.

»Jetzt alles aufgepasst! Jeder auf seinen Posten«, appellierte Captain Alexander an seine Crew. »Ein falscher Handgriff und wir werden mit diesem mächtigen Stück Weltraumschrott kollidieren. Dann wäre nicht nur unser kleines Müllsammelschiff zerstört, sondern unsere Firma und sogar unser Leben wären sofort ausgelöscht.«

»Das wäre in der Tat ein Verlust«, grinste Helmer, während er in seinen Außenbordanzug schlüpfte. »Die Presse hätte erneut etwas zu berichten. Denn eine Katastrophen eines Privatunternehmens ist für die doch ein gefundenes Fressen.«

Anette lachte. »Besonders jedoch würden sich die dominierenden Weltraumorganisationen wie NASA, ESA, JAXA und Co insgeheim die Hände reiben, wenn wir den Abgang machen würden. Wir kleinen privaten Raumfahrtunternehmen sind denen doch ein Dorn im Auge. Schließlich buhlen wir gemeinsam um die Fördergelder.« Auch sie schlüpfte in ihren Anzug, um Helmer beim Einfangen des guten Stücks zur Hand zu gehen.

Nadine saß an der Kontrollkonsole des Greifarms. »So, Leute. Jetzt Konzentration. Denkt nicht an die mögliche Katastrophe, sondern an die fette Knete, die die verwertbaren Rohstoffe einbringen. Schon allein der Anteil an Magnesium-Beryllium-Legierungen bringt uns mehrere Monatsgehälter.«

»Yippii!«, jubelte Helmer. Er öffnete den Schott zum Ausstiegsmodul. Als Anette ebenfalls hindurch geschwebt war, schloss er ihn wieder. Nadine beobachtete über das Monitorsystem, wie die Beiden in die offene Ladeluke hinaus glitten. Dann begann sie den Greifarm in Bewegung zu setzen. Zenon steuerte das Müllsammelschiff wie in Zeitlupe dem gewaltigen ausgedienten Satelliten entgegen.

»Aufgepasst, da draußen!« Der Greifarm schwenkte aus. Zielsicher dockte Nadine ihn an dem Schrottobjekt an. Helmer und Anette steuerten mit ihren Jetbags darauf zu. Mit geübten Handgriffen sicherten sie den Greifarm am nun gefangenen Satelliten.

»Geschafft«, triumphierte Helmer. »Diese Beute ist uns sicher.«

Im gleichen Moment schwirrte eine Wolke nur wenige Zentimeter großer Objekte an dem Raumschiff vorbei. In Bruchteilen von Sekunden hatten sie Helmers Anzug durch-schlagen und wichtige Elemente des Greifarms zerstört. Helmer hatte keine Zeit mehr zu schreien, denn das Vakuum saugte unbarmherzig die Luft aus seinem Anzug und dem Helm und ersetzte sie durch das tödlich kalte Vakuum des Weltalls. Auch der Satellit wurde getroffen und trotz seiner Größe, von den Trümmerteilchen und dem außer Kontrolle geratenen Greifarm, in eine bedrohliche Drehbewegung versetzt. Diese zog das Müllschiff mit sich. Es befand sich nun in einer instabilen Rotationsbewegung um den Satelliten. Anette begann zu schreien, während sie sich am Greifarm festklammerte und hilflos Helmers bewegungslos davon treibendem Körper hinterher stierte.

Nadine bearbeitete die Steuerkonsole des Greifarms, konn-te aber das Schiff nicht stabilisieren. Auch Zenon versuchte, durch den Einsatz der Steuerdüsen der Lage Herr zu werden. »Es nutzt nichts. Wir müssen uns von dem Schrotthaufen abkuppeln, sonst zerlegt er unser Schiff.«

»So ein Mist«, knurrte der Captain. »Das war nun schon der fünfte Fehlversuch eines Schrottsammelschiffs, diesen Satelliten zu bergen. Ich bedaure nicht nur das schöne Geld, was uns flöten geht, sondern auch die abermals vertane

Chance, diese Gefahrenquelle für die Raumfahrt ein für alle Mal zu beseitigen. Also gut. Nadine: ausklinken!«

Die Frau an der Steuerkonsole löste die Verbindung des Greifarms mit dem Schrotthaufen. Nun konnten die Steuerdüsen das Schiff wieder in eine stabile Bahn befördern.

Der Captain blickte resigniert hinter der davontreibenden Beute her. Die journalistische Reaktion auf diese Beinahe-Katastrophe erfolgte sofort. Auf dem Monitor erschienen Bilder ihres Schrottsammelschiffs, wie es um den ausgedienten Satelliten taumelt. Die Stimme des Nachrichtensprechers klang wie Hohn in den Ohren der dezimierten Besatzung:

»Erneut ist es einem der privaten Schrottsammelschiffen nicht gelungen, den ausgedienten Satelliten *Envisat* zu bergen. Dieser gewaltige – aus den Anfängen der kommerziellen Raumfahrt stammende – Schrotthaufen bedroht schon seit Jahrzehnten die bemannten Weltraummissionen. Der gefährliche Space-Debris-Gürtel wird trotz internationaler Bemühungen kaum entschärft. Was die früheren Generationen von Raumfahrern hinterlassen haben, bedroht nun massiv die gegenwärtige und zukünftige Weltraumfahrt. Selbst die vielen kleinen Privatunternehmen, die aus den gewaltigen ungenutzten Rohstoffreserven in der Erdumlaufbahn Gewinn schlagen wollen, können dieser Flut an Schrottteilchen jeder Größe nicht Herr werden. Abermals kam es beinahe zu einer Katastrophe durch winzige Partikel. Betroffen war das Schrottsammelschiff *Debris Trap One* des deutschen Recycling Unternehmens *Alexander Krüger GmbH*. Was würde geschehen, wenn so ein Gigant wie *Envisat* mit einer der Raumstationen kollidierte? Es werden Stimmen laut, die diesen Privatunternehmen gern die Lizenzen wieder entziehen möchten, da sie – ihrer Meinung nach – durch solch unprofessionelle Aktionen, wie dieser heute, noch mehr Gefahren für die Raumfahrt darstellen. Die staatlichen Weltraumorganisationen versuchen seit einigen Jahren, durch sogenannte Cleaner den Weltraumschrott zu sammeln, und kontrolliert in der Atmosphäre verglühen zu lassen. Das sehen viel Länder als kritisch an, da dies eine unnötige Vergeudung von Rohstoffen ist.«

»Idioten«, knurrte der Captain, während er in seinen Außenbordanzug schlüpfte. »Erst müllen sie den erdnahen Weltraum zu und dann schieben sie die Schuld bei Katastrophen auf andere.« Etwas lauter sprach er seine Crew an: »Ich steige jetzt aus und hole Anette zurück. Sie hat sicherlich einen Schock erlitten. Für Helmer können wir nichts mehr tun. Wir werden versuchen, ihn zu bergen, sobald der Computer seine Bahn berechnet hat.«

Kaum war der Captain aus der Luke geschwebt, erhob er in die wahrscheinliche Richtung des geostationären Nachrichtensatelliten, welcher ihr Malheur übertragen hatte, den Mittelfinger.

Wenige Stunden später lag Anette, mit einem Beruhigungsmittel in erholsamen Schlaf versetzt, in ihrer Koje. Helmers Leichnam war im Frachtraum verstaut. Die drei verbliebenen Crewmitglieder gönnten sich einen Instantkaffee im Trinkbeutel und beobachteten, wie ganz in der Nähe ein Cleaner einen ausgedienten Fernsehsatelliten einfing. Die Putzroboter eines Schweizer Unternehmens arbeiteten im Auftrag und auf Kosten der ESA unbemannt und völlig automatisch. Auch sie besaßen, wie die *Debris Trap One* einen Fangarm, der den Weltraummüll griff und in einem anhängenden Container verstaute. Sobald dieser voll war, klinkte er sich aus und steuerte durch einen Impuls des Cleaners Richtung Atmosphäre, wo er verglühte. An einer Dockingstation wurde der Cleaner dann mit einem neuen Container ausgerüstet.

»Das Prinzip ist wie unseres«, murmelte Zenon. »Doch, warum diese wertvollen Rohstoffe verglühen lassen? Wir benötigen keine Steuergelder, können einigermaßen davon leben und verwerten die gefangenen Schrottteile wieder.«

»Aber«, warf der Captain ein. »Wir sind auf die offenen Grenzen angewiesen. Denn nur solange wir keinen Zoll auf unsere Rohstoffe zahlen müssen, wenn wir sie vom Landeort in der kasachstanischen Wüste bis nach Mitteleuropa transportieren, trägt sich das Unternehmen. Sobald die politische Lage kippt, wären Grenzzölle unser Ende.«

»Oder, wir müssten einen Landeort in Mitteleuropa einrichten«, warf Nadine ein.

»Ja, klar.« Zenon lachte. »Auf den Dächern der Mega-Citys.«

Unerwartet schallte eine Stimme aus dem Funkgerät: »*Debris Trap One, Debris Trap One,* hier spricht das Europäische Raumflugkontrollzentrum Darmstadt. Bitte melden.«

Captain Alexander Krüger zog die Augenbrauen hoch. »Was will die *ESOC* von uns?« Er schwebte nachdenklich zum Kommunikationspult. »Hier Captain Alexander Krüger von der *Debris Trap One.*«

»Captain Krüger, wir haben ein Problem!«

»Houston, wir haben ein Problem!«, prustete Zenon los.

Der Captain grinste, gab ihm aber ein Zeichen, still zu sein.

»Um was für ein Problem handelt es sich, *ESOC*?«

»Ein japanischer Putzroboter der Sorte *STARS* hat seinen Tether verloren, der nun die *ESS Berlin* bedroht. Sie sind das nächstgelegene Schiff im Orbit. Wir erbitten Ihre Hilfe.«

»Wieso kann die Europäische Weltraumstadion nicht ausweichen?«

»Der Tether ist dreißig Kilometer lang, zwar aus ultraleichtem Material, wiegt aber dennoch fast zwanzig Tonnen. Ein Aufprall wäre verheerend. Ein Ausweichmanöver ist in der verbleibenden Zeit unmöglich.«

»Was ist mit einer Evakuierung?«

»Auf der *ESS* befinden sich derzeit fast fünfzig Astronauten. Die Rettungssysteme sind dafür nicht ausreichend.«

Zenons Gesicht war wieder ernst und der Raumfahrerwitz vergessen. Er blickte den Captain fragend an.

»Ich bitte um eine Minute Bedenkzeit, da ich das mit meiner Crew besprechen muss.«

»In Ordnung, *Debris Trap One.* Wir erwarten Ihre Antwort.«

»Was ist ein *STARS*?«, fragte Zenon dann auch schon, als die Verbindung mit Darmstadt gekappt war.

»Ein *Space Tethered Autonomous Robotic Satellite.* Diese japanischen Putzroboter sollten eigentlich schon längst alle ausgemustert sein. Denn genau dieses Szenario wollte man vermeiden. Anscheinend gibt es jedoch trotzdem einige in Betrieb. Nun ist genau das eingetreten, was es zu verhindern galt, nämlich, dass der Putzsatellit selbst zum Space Debris und somit zur Bedrohung wird«, erklärte der Captain.

Nadine schwebte ebenfalls heran und fragte: »Was hat es mit diesem Tether auf sich?«

»Soweit ich mich erinnere, war das Prinzip so, dass es sich dabei um ein kilometerlanges elektrisch leitendes Seil handelt, welches an dem zu entsorgenden Stück Weltraumschrott befestigt wird. Dann wird es vom Putzsatellit abgerollt. Der Tether orientiert sich aufgrund der Gravitation nach unten – also Richtung Erdmittelpunkt. Das Trümmerteil saust dann gemeinsam mit dem Seil durch das Erdmagnetfeld und dies induziert darin Strom. Der stromdurchflossene Leiter wird nun aufgrund der Lorenzkraft im Magnetfeld abgebremst. Die Geschwindigkeit des Weltraummülls verringert sich zusehends und er verglüht schließlich in der Atmosphäre.«

»Wieder so ein Rohstoffvernichter«, entgegnete Nadine gereizt.

Zenon trommelte mit den Fingern auf der Navigationskonsole herum. »Und dieser Tether hat sich vom Satelliten verabschiedet und treibt auf die Raumstation zu?«

»So wird es sein«, meinte der Captain. »Was sollen wir antworten?«

Zenon stieß sich vom Pult ab und schwebte durch das Kommandomodul, um aus dem gegenüberliegenden Fenster zu schauen, wo er die *ESS Berlin* vermutete. »Ich denke, dass wir die Leute nicht im Stich lassen können.«

»Nadine?«, wand sich der Captain an die Frau.

»Ich bin derselben Meinung.«

»Gut.« Captain Krüger nickte. »Dann sind wir uns einig.« Er teilte der *ESOC* mit, dass sie sich auf den Weg machen würden, den Tether einzufangen und eine Kollision mit der Raumstation zu verhindern versuchen.

Die *ESOC* zeigte sich äußerst dankbar und schickte ihnen sogleich die notwendigen Daten über Bahnverlauf und Geschwindigkeit des *STARS*, des abgerissenen Tethers und der *ESS Berlin*. So konnte die Crew der *Debris Trap One* einen Plan entwickeln, wie die Katastrophe zu verhindern sei.

»Okay, Leute«, begann Zenon. »Ich habe hier einige Berechnungen angestellt. Das wird eine sehr schwierige Aufgabe.« Er tippte und wischte auf dem Display seines

Rechners herum. »Hier habe ich eine kleine Simulation des Ablaufs erarbeitet.« Ein Filmchen startete auf dem Monitor. »Ich weiß«, entschuldigte sich der Navigator, »die Darstellung ist recht plump. Doch in der Eile ging es nicht besser.«

»Wird schon seinen Zweck erfüllen«, gab der Captain konzentriert zurück.

»Also: Wir passieren die ESS und platzieren uns somit zwischen ihr und dem herannahenden Tether«, kommentierte Zenon die Bilder. »Dann versuchen wir, unsere Geschwindigkeit der des Seils anzugleichen, packen es – möglichst nahe des errechneten Aufprallpunktes auf die ESS – versuchen es abzubremsen und drücken es unter der Raumstation vorbei Richtung Atmosphäre. Wenn wir Glück haben, können wir rechtzeitig abkuppeln und das Teil verglüht beim Eintritt.«

»Und wenn wir Pech haben?«, fragte Nadine nervös.

»Wenn wir Pech haben, bekommen die Tether-Enden genug Drall, um die Stadion trotzdem zu zerstören oder …«, antwortete der Captain an Zenons Stelle, »das Ding reißt uns mit in die Erdatmosphäre. Mehr Infos benötigst du wahrscheinlich nicht, um dir das Resultat auszumalen.«

Als sie die gewaltige *ESS Berlin* passierten, kam Nadine gerade aus Anettes Koje geschwebt. »Sie ist immer noch in tiefstem Schlaf«, berichtete sie, während sie zum Fenster schwebte und sich den Koloss aus der Nähe betrachtete. Aus beleuchteten Fenstern blickten viele Köpfe erwartungsvoll zu dem kleinen Schrottsammelschiff. Die Crew der *Debris Trap One* meinte sogar, einige erhoben Daumen erspähen zu können. Die Stille, die sich über das Schiff gelegt hatte, wirkte gespenstisch. Als dann die Instrumente den herannahenden Tether ankündigten, blieb für Grübeleien keine Zeit mehr.

Jeder hatte eine Aufgabe zu erfüllen. Nadine bediente die Konsole des Greifarms, der zwar nach den letzten Tests noch zu funktionieren schien, jedoch einige Beschädigungen davon getragen hatte und somit nicht mehr hundertprozentig zuverlässig war.

Zenons Berechnungen erwiesen sich als äußerst genau. Die *Debris Trap One* näherte sich dem heranfliegenden Kabel. Nadine packte es mit dem Greifarm und Zenon drosselte mit den Schubdüsen die relative Geschwindigkeit ins Negative. Natürlich war so ein dreißig Kilometer langes Seil nicht so einfach zu bremsen. Deshalb versuchten sie, mit den Düsen die Richtung der Bahn zu beeinflussen. Es gelang tatsächlich, den Tether mitsamt der *Debris Trap One* unter der *ESS Berlin* hindurchtauchen zu lassen. Jedoch erwiesen sich auch Alexanders Befürchtungen als nicht unbegründet. Denn die Enden des Seils erhielten durch die Geschwindigkeits- und Richtungsänderung einen derartigen Drall, dass sie wie gewaltige Peitschen in Zeitlupe zurückrollten. Die *ESS Berlin* wurde zwar verfehlt, doch die sich nun annähernden Enden umschlangen den Schrottsammler in einer tödlichen Umarmung. Der Aufprall des gewaltigen Tethers erschütterte das Schiff. Es ächzte, als wolle die Hülle bersten.

»Schadensbericht!« Captain Krügers Stimme war lauter als von ihm gewohnt. Zenon und Nadine beobachteten konzentriert die Anzeigen ihrer Konsolen. Daten rasten auf den Monitoren herunter.

»Der Greifarm ist hinüber. Er reagiert nicht mehr«, berichtete die Frau.

»Die Lebenserhaltungssysteme funktionieren. Es scheint kein Leck in der Hülle zu sein. Einige Steuerdüsen sind jedoch ausgefallen und somit treiben wir auf die Atmosphäre zu«, fügte Zenon hinzu.

In diesem Moment schwebte Anette in das Kommando-modul. »Was ist geschehen?«

Der Captain erklärte ihr kurz die Situation, dass sie den Auftrag hatten, die *ESS Berlin* vor dem Aufprall des Tethers zu bewahren und nun selbst durch diesen drohten, in der Atmosphäre zu verglühen.

»Ich sehe nur eine Chance für uns«, meinte Anette. »Wir werfen uns mit dem Rohstoffcontainer ab. Er ist zwar nicht für den Transport von Menschen ausgelegt, doch sein Hitze-schild könnte unser Leben retten.«

»Das ist wirklich unsere einzige Möglichkeit, Anette. Los. Machen wir uns bereit. Wir nutzen die Außenbordanzüge als Lebenserhaltungssysteme.«

Die verbliebene vierköpfige Crew der *Debris Trap One* zog sich hastig die Raumanzüge über. Zenon berechnete den optimalen Eintrittswinkel und programmierte die Steuer-düsen der Reentry-Kapsel. Dann entließen sie ihre wertvolle Fracht – die Arbeit von zwei Wochen – ins All. Der so entlassene Weltraumschrott nahm die Flugbahn der *Debris Trap One* ein und würde in wenigen Stunden mit ihr in der Atmosphäre der Erde verglüht sein. Der Container jedoch, der einer überdimensionierten Sojuskapsel glich, und vom Aufbau her auch sehr ähnlich war, koppelte sich vom Schrottsammelschiff ab. Seine Düsen feuerten im berechneten Moment für vier Minuten. Dann hatte die Kapsel die geeignete Bahn und Geschwindigkeit, um einen sicheren Wiedereitritt zu gewährleisten. Die vier Besatzungsmitglieder hatten sich provisorisch mit den Haltevorrichtungen an der Innenwand fixiert. Der Reentryvorgang dauerte über drei Stunden, während dessen sie einer Belastung von vier G ausgesetzt waren. Ab einer Höhe von 120 Kilometern wurde es sehr heiß. Der Eintrittswinkel pendelte im Optimum zwischen sechs und sieben Grad. Hätte es ein Fenster in der Frachtkapsel gegeben, so hätte die Crew das rote Glühen des über 1000 Grad heißen Plasmas gesehen, welches sich nun bildete und die Kapsel einhüllte. Sie hörten nur ein beständiges Klopfen, als würden Hämmer gegen die Außenhülle schlagen.

Endlich öffneten sich die Bremsschirme und schließlich der große Hauptschirm. Die Kapsel schwebte nun mit einer Geschwindigkeit von 25 Kilometern pro Stunde dem Wüstenboden in Kasachstan entgegen. Beim Aufprall wirbelte sie eine gewaltige Staubfontäne auf. Zunächst herrschte unheimliche Stille. Jeder der vier Raumfahrer musste sich in seinem tiefsten Innern vergewissern, dass er wirklich noch am Leben war.

Plötzlich wurde die Frachtluke von außen geöffnet. Licht drang ein. Alles Weitere lief wie in einem Film ab. Hände griffen nach ihnen, zogen sie ans Licht, befreiten sie von den Anzügen. Menschen jubelten und beglückwünschten sie zu ihrem Erfolg.

Ein halbes Jahr später hatte die Presse die sensationelle Rettung der *ESS Berlin* sowie das unfassbare Glück der *Debris-Trap-One*-Besatzung schon wieder vergessen. Doch vier Menschen nicht. Sie saßen in der Bar im Raumfahrt-bahnhof *Esrange* in Nordschweden und prosteten sich mit einem Bier zu.

»Auf dein Wohl, Captain Nadine. Auf dein Wohl, Captain Zenon. Auf dein Wohl, Captain Anette.« Captain Alexander stieß mit jedem der Drei an. »Die Fördergelder der ESA haben es uns ermöglicht, dass wir unsere Firma expandieren lassen konnten. Nachdem meine *Debris Trap One* leider in der Erdatmosphäre verglühte, werden nun die vier neuen

Schrottsammelschiffe *Debris Trap Two, ... Three, ... Four und
... Five* den Dienst aufnehmen. Somit ist unsere Firma zum
weltweit größten Space-Debris-Recycling-Unternehmen geworden.«
»Auf die *Krüger und Partner AG*!«

HUMANOID EXPERIMENT

Meine Augen zuckten unkontrolliert, bis sie sich auf das noch ungewohnte Licht eingestellt hatten. Eine Träne lief an meiner Schläfe herunter und wurde von meinem langen blonden Haar aufgesogen. *So musste sich ein Baby bei der Geburt fühlen,* dachte ich.

Die Phase, in der ich mich befand, war mit einer Geburt vergleichbar. Denn ich erwachte gerade aus der Kryostase. Sicherlich wäre es möglich gewesen, die achtzehn Monate Flug bis zum äußeren Asteroidengürtel, der sich zwischen Mars und Jupiter erstreckte, auch ohne Kryoschlaf zu überwinden. Doch diese Expedition war ein Experiment, bei dem auch die Reaktionen des menschlichen Organismus auf diese neuartige Konservierungsmethode während einer realen Mission getestet wurden.

Mein Blick wanderte durch den kleinen Raum. Neben mir erwachte Rob. Beim Anblick meines Mannes zogen sich meine Mundwinkel zu einem Lächeln hoch. Ich beobachtete verzückt, wie er sich erhob, seine Finger betrachtete und sie bewegte, als wollte er sich sicher sein, dass sie wirklich funktionierten. Dann blickte er zu mir herüber.

»Alles Okay?«, hörte ich ihn fragen.

»Ja, ich fühle mich gut«, erwiderte ich. Die Projektleitung war der Meinung gewesen, dass es psychologisch sinnvoll sei, ein Paar auf diese lange und ungewisse Reise zu schicken. Mit einem Blick auf den kleinen Monitor am Rand der Kryoschlafkapsel sah ich, dass alle meine Vitalwerte im grünen Bereich waren. »Wie es aussieht, sind wir die ersten Menschen, die nach einer so langen Reise durchs All in Kryostase unversehrt wiederbelebt wurden.«

Zum ersten Mal wurde ein Mensch 1967 in Kryostase versetzt – allerdings nach seinem Tod. Es gründeten sich in den folgenden Jahrzehnten auf der ganzen Welt Firmen, die Menschen nach ihrem Tod, gegen entsprechende Bezahlung, durch Kryotechnik konservierten. Doch noch nie wurde ein so konservierter Körper wieder zum Leben erweckt. In den letzten Jahren aber hatte die Forschung auf diesem Gebiet einen großen Sprung gemacht.

»Bevor wir in Euphorie verfallen, sollten wir noch die vorgeschriebenen Gewebeproben untersuchen«, entgegnete Rob. »Schließlich liegt das Hauptproblem der neuen Technik in der Bildung von Kristallen im Gewebe und der Denaturierung der im Gewebe enthaltenen Eiweiße während der Auftauphase.«

Ich legte den Kopf schief und blickte ihn mit hochgezogenen Brauen an.

»Ob die neuen Vitrifikationslösungen diese Vorgänge verhindern konnten...«, plapperte er weiter.

»Rob?«, unterbrach ich seinen Redefluss.

Er verstummte.

»Du ratterst das runter wie ein Computer. Ich weiß doch selbst, dass unsere Körper auf minus einhundertsechsundneunzig Grad Celsius heruntergekühlt waren und wir laut Plan Gewebeproben untersuchen müssen, um zu prüfen, ob wir das auch mikrobiologisch gut überstanden haben. Zuerst jedoch sollten wir etwas essen«, schlug ich vor.

Rob stierte mich immer noch an, zuckte kurz zusammen, als ob er aus einem Traum erwachen würde und meinte dann: »Gut, du aktivierst die Systeme im Wohnmodul und ich kümmere mich um die Gravitation.«

Rob und ich waren ein eingespieltes Team, selbst hier in dieser fremden Umgebung des Alls und unter diesen ungewöhnlichen Bedingungen. Schon während der Ausbildung wurde uns bewusst, dass wir so etwas wie verwandte Seelen waren. Wir hatten uns auf der Uni kennengelernt. Obwohl Rob Ingenieurswissenschaften studierte, lief er mir ab und zu in der geowissenschaftlichen Fakultät über den Weg. Er hatte sich auf die Konstruktion und Entwicklung neuer Bohrtechniken spezialisiert und ich auf deren Anwendung. Dies war unsere gemeinsame Schnittmenge. Also blieb es nicht aus, dass wir zusammen in einem Projekt landeten und schließlich auch im Bett. Rob war ein Einzelgänger und nicht ganz leicht zu erreichen. Doch irgendetwas faszinierte mich an ihm. Obwohl ich es nicht in Worte fassen konnte, spürte ich, dass uns etwas verband, fast so, als wären wir uns schon vor Jahren einmal begegnet. Natürlich war das nicht der Fall gewesen. Wenn ich recht darüber nachdachte, wusste ich eigentlich sehr wenig aus Robs Leben. Er war mit seinen Berichten über seine Kindheit immer sehr zurückhaltend gewesen. Seine Eltern waren beide Lehrer und lebten in Chicago. Einmal hatte er erwähnt, dass sie schon verstorben seien. Er sprach fast nie über sie. Ich wollte ihn auch nicht bedrängen, es zu tun. Denn ich selbst mochte auch nicht über meine Kindheit sprechen. Aus dem einfachen Grund, weil es nichts zu berichten gab. Ich erinnere mich nur an Fragmente, ganz unspektakuläre gewöhnliche Szenen: Wie ich auf einer Schaukel sitze und meiner Mutter beim Wäsche aufhängen zusah oder wie mir mein Vater das Radfahren beibrachte. Während meines Studiums sind sie bei einem Autounfall ums Leben gekommen. Das hatte mich sehr schockiert. Doch mittlerweile erschien es mir in weiter Vergangenheit zu liegen, unendlich weit entfernt.

Diese Gemeinsamkeiten und die außerordentlichen Fähigkeiten auf unseren speziellen Fachgebieten waren die herausragenden Argumente gewesen, uns beide gemeinsam auf diese Expedition zu schicken. Letztlich trug unsere enge Zusammenarbeit während der Vorbereitungsphase dazu bei, dass wir uns emotional sehr nahe kamen. Die Projektleitung begrüßte das. Nun waren wir hier im äußeren Asteroidengürtel. Rob löste seine Haltegurte sowie die Kontakte der Bioüberwachung und schwebte zur Kontrolltafel an der Wand. »Ich aktiviere jetzt den Rotationsantrieb, um die Gravitation herzustellen.«

»Danke für die Information«, grinste ich. Seine überkorrekte und sachliche Art hatte mich schon oft amüsiert. Ich musste ihn immer wieder anstupsen, damit er ein wenig lockerer wurde. »Na, dann versetze das Karussell mal in seine Drehbewegung«, scherzte ich deshalb.

Er blickte mich an, als müsse er den Satz erst verarbeiten und zwinkerte mir schließlich zu. »Es geht los.« Die Außenmodule – auf der einen Seite das Labormodul, auf der anderen Seite das Wohnmodul – begannen sich um das Zentrum zu drehen. Sie wurden von Seilen mit einer Länge von eintausend Metern am Zentralmodul festgehalten, so dass das Raumschiff einer gigantischen Hantel glich.

»Okay. Ich begebe mich ins Wohnmodul und aktiviere die Systeme«, sagte ich, während ich meine Kontakte löste.

»Willst du nicht warten, bis die Rotationsgeschwindigkeit der Außenmodule von siebzig Metern pro Sekunde erreicht ist?«, hörte ich ihn fragen, als ich gerade durch die Luke schweben wollte.

»Nein, ich mag dieses Kribbeln im Bauch, wenn sich die Gravitation aufbaut.« Das war gelogen. Ich wollte alleine sein, bis die Rotogravitation von einem halben G erreicht war, weil mir die Übelkeit, die mich dabei immer überkam, peinlich war. Rob schien damit keine Probleme zu haben. Jedenfalls ließ er sich nie etwas anmerken.

Das Wohnmodul hatte seine maximale Rotationsgeschwindigkeit erreicht, als ich mit dem Weltraumlift auf halber Strecke war. In diesen Außenmodulen konnten wir ab jetzt bei angenehmer halber Erdanziehungskraft leben. Mein Körper bekam die steigende Schwerkraft auf den letzten fünfhundert Metern Weg in den hantelförmigen Ausleger zu spüren. Er rächte sich wie erwartet mit Übelkeit.

Die Projektleitung hatte sich für diese Größenordnung der Gravitation entschieden, um einen möglichst erdähnlichen Bewegungsablauf zu gewährleisten und um die Muskeln und Knochen genügend zu belasten und Folgeschäden durch Unterforderung zu verhindern. Gleichzeitig sollten die Auswirkungen der Gezeitenkräfte und der Corioliskraft auf unsere Körper so gering wie möglich gehalten werden. Deshalb musste das System mit niedriger Geschwindigkeit bei großem Radius rotieren.

Nachdem ich im Wohnmodul angekommen war, schickte ich den Aufzug zurück zu Rob. Der Lift bewegte sich an seinem aus Kohlenstoffnanoröhren gewebten Seil zum Zentralmodul zurück. Das war der Nachteil des Luxus der Anziehungskraft: lange Wege. Wir hatten hier im All aber keinen Termindruck und würden damit zurechtkommen.

Als Rob eintraf, hatte ich alle Systeme aktiviert und wir bereiteten uns eine Mahlzeit zu.

»Ich fühle mich etwas seltsam«, gestand ich beim Essen. »Alle Bewegungsabläufe gehen langsamer vonstatten. Aber ich denke, daran gewöhnt man sich mit der Zeit.«

»Das glaube ich auch«, entgegnete er und lächelte mich an. Er schien weniger Probleme mit der Umstellung auf halbe Schwerkraft zu haben.

»Ich habe mir schon einmal den Arbeitsplan der nächsten Tage angesehen«, versuchte ich das Thema wieder auf etwas anderes zu lenken, um mein Unbehagen zu verdrängen. »Während der letzten Phase unseres Anflugs haben die Instrumente mehrere Asteroiden mit hohem Metallgehalt erfasst, die sich laut Bordrechner für Probebohrungen eignen. Okay, der Ablaufplan ist folgender: Zuerst müssen wir an einem dieser Asteroiden mit dem Landeshuttle andocken und den Bohrroboter in Stellung bringen. Nach den Probebohrungen können wir dann im Labor die Auswertungen vornehmen.«

»Gut, ab morgen beschäftigen wir uns mit diesen Steinklumpen«, versuchte Rob zu scherzen. Er kaute auf seinem Essen herum und zwinkerte mir zu.

Zwei Stunden später fuhren wir mit dem Aufzug zum Zentralmodul. Von dort ging es weiter zum Labormodul, um die vorgeschriebenen Gewebeproben zu überprüfen. Mit einer feinen Hohlnadel entnahm ich an verschiedenen Stellen unseres Körpers winzige Hautproben. Die untersuchte ich auf Veränderungen. Die mikroskopische Untersuchung ergab, dass unser Gewebe keinerlei Schaden genommen hatte. Das war der erste Erfolg, den die Mission verbuchen konnte.

Am nächsten Tag begann die tatsächliche Arbeit. Wir fuhren zurück zum Zentralmodul, um zum Dock der Landefähre zu gelangen. Ich schmiegte mich während der Fahrt eng an Rob. »Ich hoffe, wir kommen hier mit der Einsamkeit klar und bekommen keinen Weltraumkoller.«

Rob strich mir übers Haar. »Wir schaffen das schon. Es sind ja nur sechs Monate. Dann machen wir uns wieder auf den Rückweg. Unsere Mission wird Geschichte schreiben.«

»Ja, wir sind die ersten Menschen auf einem Asteroiden.«

»Das stimmt«, entgegnete er versonnen. »Eva und Rob – Eigentlich sollte ich mich in Adam umbenennen.«

Ich lachte bei dieser verrückten Idee. Irgendwie hatte er recht. Adam und Eva wären wirklich passender gewesen.

Im Zentralmodul setzte ich eine persönliche Video-nachricht zur Erde ab. Der Computer hatte zwar schon alle wichtigen Daten übermittelt, doch die regelmäßige persönliche Meldung zur Projektleitung im Kontrollzentrum stand als erster Punkt auf der Tagesordnung. Ich setzte mich vor die Kamera und lächelte hinein: »Guten Morgen, Erde. Wir haben den Flug unter Kryostase wohlbehalten überstanden. Uns geht es gut und wir freuen uns, unsere geplanten Aufgaben zu übernehmen. Ab heute werden wir mit den Probebohrungen auf den vom System vorge-schlagenen Asteroiden beginnen. Ich wünsche einen schönen Tag.«

Eine Antwort wartete ich nicht ab. Das Signal benötigte dreißig Minuten zur Erde. Also machten wir uns auf zu unserer ersten Landung – oder genauer gesagt – dem ersten Andocken an einem der Asteroiden. Wir legten die Raumanzüge für den Außeneinsatz an. Diese *Extra–Vehicular Activities* wurden auch kurz EVAs genannt. Ich grinste bei dem Gedanken, dass mein Name die Abkürzung für Außenbordeinsätze war. Durch die Schleuse begaben wir uns ins Shuttle. Der Bohrroboter war schon im Frachtraum verstaut. Ich setzte mich auf den Pilotensitz und aktivierte mit routinierten Handgriffen die Systeme. Der Computer fuhr hoch. Auf dem Display erschien die Checkliste. Rob führte mich durch die einzelnen Vorgänge.

»Luke?«, fragte er.

»Geschlossen«, bestätigte ich.

»Lebenserhaltung?«

»Aktiviert. Sauersoff bei 21 Prozent. Stickstoff bei 79 Prozent. Druck hat 1014 Hektopascal erreicht. Alle Werte normal und stabil. Autonome Versorgung der Raumanzüge deaktiviert.«

»Bahndaten?«

»Ziel eingegeben. Bahndaten berechnet. Bahnüberwachung aktiviert.«

»Kollisionswarnsystem?«, ging Rob weiter die Checkliste durch.

»Aktiviert und bereit. Lasersystem bereit.«

»Lagetriebwerke?«

Ich betätigte den Zünder und bestätigte: »Gezündet.«

»Kopplungssytem?«

»Gelöst. Sicherheitsabstand für das Zünden der Haupttriebwerke wird in zehn Sekunden erreicht. In 5 – 4 – 3 – 2 – 1. Haupttriebwerke gezündet. «

Ein Ruck ging durch das Shuttle und wir befanden uns auf dem Weg zu einem der Asteroiden.

»Sieh dir diesen Ausblick an!«, schwärmte ich in das Intercom des Raumanzuges, als wir durch das Shuttlefenster den Asteroidengürtel erblickten. Wie eine Scheibe aus verschieden großen Steinbrocken breitete er sich schräg unter uns aus. Er wirkte wie die Oberfläche eines rauen Meeres, in dem am Horizont eine winzige Sonne versank. Dies war jedoch erst seit wenigen Jahren der Fall, nachdem zwei Kometen dort kollidierten und den vorher eher leeren Raum zwischen den Kleinplaneten mit unzähligen Trümmern füllten. Das Ergebnis dieser Kollision war die große Chance, auf viele wertvolle Rohstoffe zu stoßen.

»Phantastisch«, meinte Rob. »Ich werde ein paar Fotos machen.« Er zückte eine Kamera und hielt die großen und kleinen Gesteinsbrocken im Bild fest. Einige waren Zwergplaneten mit dem Durchmesser eines mittleren Mondes. Andere waren kaum einen Kilometer lang. Dazwischen gab es sogar noch kleinere Bruchstücke. Der Abstand zu den einzelnen Asteroiden war groß genug, um mit der Landefähre manövrieren zu können. Die Bahnen waren berechenbar und somit auch das Risiko, mit einem der Himmelskörper zu kollidieren. Zusätzlich hatten wir einen Laser an Bord, der kleine Asteroiden zerstören konnte, falls ein Ausweichmanöver nicht möglich war. Aber das war diesmal nicht nötig. Der Flug verlief planmäßig. Wir erreichten den ausgewählten Gesteinsbrocken und landeten. Ich aktivierte die autonome Versorgung der Raumanzüge, die uns zwei Stunden Zeit gab, den Bohrroboter zu installieren. Und dann machten wir den ersten Schritt auf einen weit von der Erde entfernten Asteroiden. Es war ein seltsam erregendes Gefühl, als erster Mensch diesen winzigen Himmelskörper zu betreten.

Ich deutete auf einen der Sterne im All, den größten unter den vielen Lichtern. Doch trotz allem winzig klein. »Die Sonne – ein Lichtpunkt unter vielen. Fast schon beängstigend weit entfernt. Ich habe das Gefühl, nichts zu sein.«

Rob fasste meine Hand. »Du bist *meine* Sonne.«

Über so viel Poesie musste ich ergriffen lächeln. Das hatte ich ihm gar nicht zugetraut. Ich blickte ihn glücklich durch die Scheibe des Helms an.

»Du bist nicht nichts. Du denkst, du fühlst. Es kommt nicht auf die Größe an, ob man etwas ist«, flüsterte er. »Ich denke, also bin ich.«

In den folgenden Wochen wurde unser Leben in dem entfernten Winkel des Sonnensystems zur Routine. Der Bordcomputer unseres Raumschiffs simulierte durch die Lichtverhältnisse einen Tag– und Nachrhythmus. Unser Tag begann morgens um sieben Uhr Bordzeit. Zuerst begaben wir uns ins Zentralmodul und überprüften, ob alle Systeme normal arbeiteten. Anschließend fuhren wir zurück ins Wohnmodul, um zu frühstücken. Jeder hatte dann die Gelegenheit, sich seiner Morgentoilette zu widmen. Punkt acht Uhr begann unser Arbeitstag. Zuerst setzte ich die tägliche Videobotschaft zur Erde ab, dann begaben wir uns ins Labormodul und werteten die Proben aus, die der Bohrroboter lieferte. Dreizehn Uhr fuhren wir ins Wohnmodul, bereiteten das Essen zu und aßen. Nachmittags wurden medizinische Test durchgeführt, um die Reaktionen unserer Körper auf die ungewöhnlichen Lebensumstände zu untersuchen und zu dokumentieren. Danach fuhren wir ins Wohnmodul und absolvierten unser tägliches Sportpensum. Achtzehn Uhr machten wir Abendessen. Danach standen Wartungsarbeiten an, die nach längerer Zeit auf dem Raumschiff zwangsläufig durchgeführt werden mussten. Zum Beispiel war das regelmäßige Austauschen der CO_2–Filter notwendig. Zweiundzwanzig Uhr begann unsere Freizeit. Rob suchte dann meine Nähe und wir verbrachten eine romantische Stunde zusammen.

Wenn es keine Probleme gab, dann begaben wir uns alle fünf Tage mit dem Shuttle zum aktuell untersuchten Asteroiden, verluden den Bohrroboter und transportierten ihn zum nächsten Steinbrocken. Die Proben nahmen wir mit ins Raumschiff und hatten vier Tage Zeit, sie zu untersuchen, auszuwerten und zu katalogisieren. Die Tage mit Außenbordeinsatz brachten ein wenig Abwechslung in unseren eintönigen Alltag.

Obwohl ich mich nun fast heimisch in der Weite des Alls fühlte, überkamen mich seltsame Gefühlsschwankungen, die ich nicht deuten konnte. Nach einigen Wochen Gleichförmigkeit ertappte ich mich immer wieder dabei, wie ich den Tagesablauf absichtlich veränderte. Einmal machte ich meine sportlichen Übungen am Vormittag und die medizinischen Tests am Nachmittag. Ein anderes Mal ließ ich das Mittagessen ausfallen und stierte eine Stunde lang aus einem Fenster hinaus ins All. Ich fühlte mich fremdbestimmt. Was ich ja auch war. Der Tagesplan war von Mission Control festgelegt und der Bordcomputer überwachte die Fortschritte der Mission. Doch plötzlich begann es mich zu stören. War es nicht normal, dass ein Mensch nach Selbstbestimmung strebte? Ich schämte mich für meine Gedanken, denn schließlich wusste ich vorher, worauf ich mich bei dieser Mission einließ. Doch ich konnte die Gedanken nicht abstellen. Ab und zu entzog ich mich sogar Robs Zärtlichkeiten, weil es mir seltsam vorkam, nach Plan Sex zu haben. Rob blickte mich dann jedes Mal verstört an, sagte aber nichts.

Nach anfänglicher Faszination wurde der Ausblick auf den Asteroidengürtel zur Gewohnheit. Ich vermisste die Aussicht auf etwas Grünes, einen Wald oder eine Wiese.

Mich überkam die Lust, etwas Ungewöhnliches zu machen. Doch ich versuchte dieses Gefühl zu unterdrücken. Ich wollte Rob nicht aus seinem Rhythmus bringen. Ohne ihn hätte ich diese einsame Zeit nicht durchgestanden. Er war aufregend, trotz seiner rationalen Art. Darum war es umso bewegender, wenn er – anstatt ich – hin und wieder über seinen Schatten sprang und etwas Romantisches oder Fantasievolles vollbrachte. Einmal überraschte er mich tatsächlich mit einem Candlelight Dinner. Ich war zu Tränen gerührt. Ich hatte keine Ahnung, wo er das kleine Teelicht her hatte und wie er das Feuerwarnsystem überlistet hatte, damit er die Kerze anzünden konnte. Ich fragte auch nicht danach. Es war jedoch ein Zeichen für mich, dass auch er sich nach Selbstbestimmung sehnte und der strengen Routine entgehen wollte. War das nicht allzu menschlich? Konnte uns das jemand verübeln?

Die überwiegende Zeit waren wir allerdings mit unserer Arbeit beschäftigt. Die Probebohrungen hatten wir fast abgeschlossen. Eine Handvoll Asteroiden kristallisierten sich als wahre Schatzkammern heraus. Dort gab es Seltene Erden in Größenordnungen und Reinheitsgraden, die auf der Erde utopisch wären. Die Projektleitung verkündete uns, dass sie aufgrund dieser Ergebnisse schon an einem Projekt zur Förderung dieser Elemente arbeiteten. Wir waren erfreut über den positiven Verlauf unserer Expedition, sehnten uns jedoch auch schon nach der Erde.

Ich arbeitete im Labor und untersuchte eine Probe unter dem Mikroskop. Ein leiser Signalton riss mich aus meiner Arbeit. Rob stürmte herein.

»Ein Problem mit dem Bohrroboter«, berichtete er aufgeregt.

Ich blickte von meiner Arbeit auf. »Benötigst du meine Hilfe?«

»Ja. Ich will zum Asteroiden fliegen und mir die Sache ansehen. Die Daten werden nur bruchstückhaft übertragen und ich kann sie nicht analysieren. Ein Rebooting des Roboters hatte nichts bewirkt. Ich muss mir das Problem mit eigenen Augen ansehen.«

»Gut, ich komme mit.« Ich lächelte in mich hinein. Denn ich war mir sicher, dass Robs Aufregung kein Zeichen von Panik war, sondern von Freude darüber, dass endlich ein unvorhergesehenes Problem auftrat, welches sein eigenständiges Handeln erforderte. Denn die Gleichförmigkeit und Routine der letzten Wochen nagten an ihm genau wie an mir. Ich sehnte mich danach, Entscheidungen zu treffen, eine Lösung für ein Problem zu erarbeiten. Doch wir arbeiteten nur stur den vorgegebenen Plan ab. Also schlüpften wir in unsere Raumanzüge und machten uns mit dem Shuttle auf den Weg. Der angesteuerte Asteroid war laut Spektralanalyse hoch metallisch und somit von besonderem Wert. Schon beim Landeanflug konnte ich den Bohrroboter erkennen. Es war von weitem nichts Außergewöhnliches festzustellen. Ich landete das Shuttle sanft auf dem metallhaltigen Felsbrocken. Rob begab sich sofort zum Bohrer.

»Der Bohrkopf hat sich festgefahren«, schallte es im Intercom.

»Warte mit der Reparatur, bis ich alle Systeme des Shuttles auf Standby gefahren habe. Dann helfe ich dir«, entgegnete ich. Meine Finger bearbeiteten flink den Computer des Landefahrzeuges, als ein Schrei mich zusammenzucken ließ. Ich blickte auf und sah, wie Rob durch die Luft geschleudert wurde und schätzungsweise zehn Meter hinter dem Bohrroboter auf dem Asteroiden aufschlug. Wäre er nicht mit einem Elektromagneten ausgerüstet gewesen, sein Körper wäre unaufhaltsam ins All geschleudert worden. Doch der Computer seines Raumanzuges berechnete in Millisekundenschnelle die nötige Magnetkraft, damit er wieder auf dem Asteroiden landete.

Zuerst starrte ich bloß geschockt aus dem Fenster. Dann stürzte ich hinaus. Im Intercom hörte ich nur meinen eigenen keuchenden Atem. Von Rob erhielt ich keinerlei Lebenszeichen. Endlich hatte ich ihn erreicht. Mir stockte der Atem. Der Raumanzug war am Hals weit aufgerissen und das Visier geborsten. Bei dem Anblick verlangsamte ich sofort meine Schritte. Bilder und Informationen schossen durch meinen Kopf: Ein Mensch kann einen Aufenthalt im Weltall ohne einen Raumanzug nicht überleben. Das Vakuum und die tiefen Temperaturen hätten einen schnellen Tod zur Folge. Das Wasser in den Hautzellen würde beginnen zu sieden und sie würden platzen. Auch die Lunge würde sich durch den Unterdruck derart ausdehnen, dass sie zerplatzen müsste. Möglicherweise würde sie auch sofort gefrieren. Dem Körper würde auf diese Weise so viel Wasser entzogen, dass der Mensch regelrecht gefriertrocknet. Ich bereitete mich auf das Schlimmste vor und wagte kaum Rob anzublicken. Meine Augen füllten sich mit Tränen.

Doch als ich dann vor ihm stand, blieb mir fast das Herz stehen. Was ich vor mir sah, ging über meinen Verstand hinaus. Es raubte mir fast die Sinne. Minutenlang starrte ich auf das Unbegreifliche. Das konnte nicht sein!

Seit einer Stunde blickte ich den Monitor an. Ich hatte den Unfall der Erde gemeldet und wartete auf Antwort. Es schien mir wie ein Traum. Ich konnte noch immer nicht begreifen, was ich da gesehen hatte. Rob war tot. Doch das war nicht das Entsetzlichste.

Endlich blickte mich ein bekanntes Gesicht an.

»Eva.« Die Stimme des Projektleiters wirkte fast schon verzweifelt. Falten lagen auf seiner Stirn.

Ich blickte mit Unverständnis auf den Bildschirm.

»Es war uns bis jetzt noch nicht möglich, menschliche Wesen in diesen entfernten Winkel unseres Sonnensystems zu schicken«, redete der Projektleiter auf mich ein. »Die Situation auf der Erde macht es jedoch notwendig, dass wir in absehbarer Zeit Menschen auf fremde Himmelskörper entsenden. Denn die Rohstoffe versiegen.«

Es hatte keinen Sinn etwas zu entgegnen. Mein Kommentar würde dreißig Minuten zur Erde benötigen und eine Antwort von der Erde wäre dann erst in einer Stunde zu erwarten. Also ließ ich die Worte des Projektleiters einfach in mich eindringen und versuchte zu verstehen.

»Die Asteroiden bergen große Mengen wichtiger Erze für uns und Seltene Erden, die für die Energie– und Kommunikationstechnologie unerlässlich sind. Rob ist wichtig gewesen – sehr wichtig für dieses Projekt und die Menschheit – und ist es noch. Er hat uns eine Menge Daten geliefert.«

Daten geliefert, wiederholte die Stimmen in meinem Kopf. Die Stimme des Projektleiters verschmolz in meinem Hirn zu einem grauen Brei in dem hier und da ein paar Wörter aufblitzten, deren Sinn sich mir nicht erschließen wollte. Ich wollte nicht verstehen!

»... Prototyp, um die Lebenserhaltungssysteme, das Kryoschlafsystem und die zwischenmenschlichen Bedingungen und möglichen Probleme zu testen und auszuwerten ... die Psyche eines Menschen wird simuliert ... synthetisches Bewusstsein ...« Und dann die Aufforderung: »Du musst Rob reparieren und zurückkommen, hörst du, Eva? Die Konstruktionspläne sind ...«

Mir schwanden fast die Sinne. Was war mit den Erinnerungen an die Kindheit, an seine Eltern? Waren das nur Daten auf einem Chip? Ich konnte das nicht begreifen. Ich wollte nicht länger zuhören und wischte die Verbindung vom Display.

Das konnte alles nicht möglich sein! Wie konnte Rob ein Roboter sein? Ein humanoider Roboter? Nein! Wir liebten uns doch, fühlten Freude und Schmerz.

»Ich denke – also bin ich.« Genau das hatte er mir noch vor einigen Wochen gesagt.

Ich konnte im Moment nichts denken, ich fühlte nur noch Trauer und Verzweiflung.

Erregt stürmte ich in die Krankenstation. Auf dem OP–Tisch lag Rob. Kabel und Leitungen hingen aus seinem Hals. Seine Augen waren geschlossen. Ich strich ihm zärtlich über die Wange. Er fühlte sich kalt an – tot. Oder war er nur defekt? Ich könnte den Auftrag ausführen und ihn reparieren. Dann könnten wir zusammen hier leben, bis in alle Ewigkeit. Langsam beugte ich mich vor und gab Rob einen Kuss auf den bleichen Mund. Nein, er sollte weiter schlafen. Er sollte nicht wissen, was ich nun weiß.

Die Angst der Erkenntnis durchzuckte mich wie ein Blitz. Hatte der Projektleiter mir die komplette Wahrheit gesagt? Oder begann mein Geist zu halluzinieren? Hatte ich einen Schock, der mich in den Wahnsinn trieb?

Ich denke – also bin ich. Ich fühle – also bin ich. Bin ich kein Mensch? Meine Gedanken schwirrten wie ein Vogelschwarm durcheinander. Wie in Trance ging ich zu einem der Metallschränke, wühlte in einer Schublade. Fand einen Schraubendreher, schüttelte den Kopf und legte ihn zurück. Dann hielt ich ein Skalpell in der Hand.

Ich sah auf die spiegelnde Metalltür des Schrankes. Das Gesicht einer jungen Frau blickte zurück. Die schmalen Wangen waren von blondem Haar umrahmt. Traurige Augen musterten mich.

Ich bin ein Mensch! Doch was ist Menschlichkeit? Gehört Neugier nicht auch dazu und Wissensdurst? Meine Hand führte das Skalpell an meinen Unterarm. Es zog eine blutige Spur und ich fühlte den Schmerz. Das ließ mich hoffen. Blut und Schmerz waren gut, waren menschlich. Doch als ich die Wunde etwas auseinanderzog, sah ich das, was ich hoffte, nicht zu erblicken: wunderbar filigrane Schaltkreise und ein silbernes Skelett gebettet in gelber geliger Flüssigkeit. Meine Augenlider flatterten. Mein Atem ging schwer. Es war, als hätte ich in den Apfel gebissen – vom Baum der Erkenntnis gegessen. Es schmeckte bitter.

Also hatte EVA nichts mit der Eva aus der Bibel zu tun, nichts mit der ersten Frau der Menschheit? Aber vielleicht mit der Tatsache, dass ich die erste Frau meiner Art bin? Ich hörte die Schaltkreise in meinem Kopf summen. Ist das alles möglich? Was war mit der Erinnerung an meine Kindheit und meine Eltern? Waren das nur Daten auf meinem Chip?

War nichts echt? Bin ich nicht echt, nicht real, nicht menschlich?

Wann beginnt Menschlichkeit? Gehört nicht auch Selbstbestimmung zur Menschlichkeit?

Ich bin EVA, benannt nach der Abkürzung für das Grundschema der Datenverarbeitung: **E**ingabe – **V**erarbeitung – **A**usgabe.

Ich bin Eva und führe das Skalpell an meinen Hals. Ich entscheide. Ich entscheide über mein Ende. Die Klinge gleitet durch meine Haut und trennt das Datenverarbeitungssystem von der Energieversorgung.

EVA

MAIN SYSTEM OFF

BOTSCHAFTEN

Botschaft 1: Viren

Viren sind winzig kleine Partikel, die nicht zu den Lebewesen gezählt werden, weil sie nicht aus einer Zelle bestehen und auch keinen eigenständigen Stoffwechsel besitzen. Da sie jedoch zur Replikation fähig sind, werden sie als »dem Leben nahestehend« angesehen. Zu ihrer Entstehung gibt es viele Theorien – im Grunde liegt diese jedoch für die Wissenschaft im Dunkeln. Wir sind stets bemüht, sie zu bekämpfen. Doch was wäre, wenn wir ihre Existenz komplett fehlinterpretierten?

Die Mission stand unter keinem guten Stern. Auf der Suche nach Anzeichen von extraterrestrischem Leben erreichte die Crew der *Departure* nach Jahren im Hyperschlaf die *Sigmawolke*. Zunächst machte sich Euphorie breit, denn die Sensoren registrierten Gammastrahlensignale, deren Rhythmus auf künstliche Erzeugung hinwies und somit die

Wahrscheinlichkeit intelligenten Lebens erhöhte. Doch die Ortung der Signale war für die KI des Schiffs eine unlösbare Aufgabe.

»Die Signale scheinen von überall zu kommen. Ich verstehe das nicht«, gab Kim, die Kommunikationsingenieurin zu. »Es ist wie verhext.«

Auf dem großen Monitor war das All zu sehen. Die *Sigmawolke* lag als glitzernder Nebel vor ihnen. Kim starrte ihn an, als könne sie dadurch das Sonnensystem identifizieren, aus dem die Gammastrahenimpulse gesendet wurden. Ob da irgendetwas oder irgendwer nach ihnen rief?

»Vielleicht gehen wir die Sache falsch an«, meinte Karl. Er blickte in die Runde seiner Crew. Mit der Hand wischte er sich Schweißperlen von der Stirn und ließ sich erschöpft in den Captain-Sessel fallen.

»Ist alles okay?«, fragte Alex. Die Ärztin blickte besorgt ihren Kommandanten an.

»Ich fühle mich nicht besonders wohl«, gab Karl zu. »Möglicherweise sind das noch die Nachwirkungen des Hyperschlafs.«

»Ich möchte das sicherheitshalber abklären.«

»In Ordnung, Alex. Kim, du hast das Kommando.«

Der Captain stand auf. Er schwankte kurz und folgte dann der Ärztin in die Krankenstation. Kaum hatten sie den Raum betreten, brach er bewusstlos zusammen. Die Ärztin schlug sofort Alarm. Kurze Zeit später hatte sie mit Hilfe der Crewmitglieder den Captain auf einer Liege platziert. Seine Vitalwerte blinkten rot auf dem Überwachungsmonitor. Die Herzfrequenz war auf 35 Schläge pro Minute gefallen. Alex leitete eilig die verschiedensten Maßnahmen ein, um seinen Zustand zu stabilisieren. Doch es gelang ihr nur, die Verschlechterung seiner Werte zu verlangsamen.

Als Kim eintrat, saß Alex über das Mikroskop gebeugt. Kim trat ans Bett ihres Captains. Er lag unter einer Quarantänekuppel aus transparentem Kunststoff. Auf dem Monitor leuchteten rote Zahlen: Herzfrequenz 24.

»Noch ist kein weiteres Crewmitglied erkrankt. Demnach scheinen die Maßnahmen gegen die Ausbreitung des unbekannten Virus erfolgreich gewesen zu sein«, resümierte die Kommunikationsingenieurin. Seit Karls Zusammenbruch war sie der Captain auf dem Schiff.

Herzfrequenz 23.

»Ja«, antwortete Alex. »Die Ausbreitung ist gestoppt. Und obwohl ich das Virus nicht identifizieren konnte, habe ich vielleicht trotzdem hier ein Gegenmittel gefunden.« Sie hielt ein Röhrchen mit einer rosa Flüssigkeit hoch. »Da es eilt und Karls Leben auf dem Spiel steht, konnte ich nicht alle notwendigen Tests durchführen. Es ist also riskant.«

Kim stand neben Alex und betrachtete die rosa Wolke in dem Glasröhrchen.

Alex zog das Serum in eine Spritze auf. »Dies ist seine einzige Chance. Wenn der Versuch fehlschlägt, dann sehe ich keine weitere Möglichkeit Karls Leben zu retten. Das Virus wird ein allgemeines Organversagen verursachen.«

Herzfrequenz 22.

»Gut, Alex. Du bist die Ärztin. Ich zweifle deine Entscheidung nicht an«, entgegnete Kim.

Alex nickte. Sie nahm die Spritze und koppelte sie an den Infusionsschlauch. Einen Moment zögerte sie. Dann drückte sie den Kolben herunter. Das rosa Serum schoss durch den Schlauch. Es schien zu fluoreszieren. Unaufhaltsam raste die Wolke durch Karls Venen.

Alex blickte besorgt und zugleich hoffnungsvoll auf die Vitalwerte des Captains.

Herzfrequenz 25.

Minuten des Bangens verstrichen. Frequenz 32.

Plötzlich gab das Überwachungsgerät einen kurzen Signalton von sich. 40. Alex atmete erleichtert aus.

»Karls Vitalfunktionen verbessern sich«, erklärte sie Kim.

Die Anzeigen auf den Monitoren strebten den grünen Bereichen entgegen. Herzfrequenz 60 Schläge pro Minute. Das Serum wirkte besser, als sie erhofft hatte. Die Viren schienen nach kurzer Zeit abgetötet. Alex umfasste das Handgelenk des Captains. Sie spürte den Puls nun wieder deutlich. Seine Augenlider begannen zu zucken.

Schon nach wenigen Tagen hatte sich Karl soweit erholt, dass er das Kommando über das Schiff wieder übernehmen konnte.

»Wie bist du mit dem Signal weiter gekommen, Kim?«, fragte er als erste Amtshandlung, während er in die Kommandozentrale eintrat.

»Willkommen zurück«, entgegnete Kim mit einem Lächeln. »Leider habe ich schlechte Nachrichten diesbezüglich. Vor wenigen Tagen haben die Signale spontan aufgehört. Alle Frequenzen sind tot.« Ein wenig wehmütig blickte sie zum großen Monitor, der noch immer die glitzernde *Sigmawolke* zeigte. Irgendwo da draußen hatte jemand gerufen. Doch nun hatten sie das Signal verloren.

»Nun, dann ist unsere Mission an dieser Stelle gescheitert«, entgegnete der Captain und setzte sich in seinen Sessel. »Wir werden uns wiederum auf die Suche begeben müssen.« Seine Stimme verkündete frischen Tatendrang. »Lasst uns erneut ins All lauschen um den Ruf einer intelligenten Spezies zu empfangen.«

Botschaft 2: Sonden

Auf der Suche nach extraterrestrischem Leben sendeten die Menschen immer wieder Botschaften ins All. 1973 die Pioneer-Plaketen, *1974 die* Arecibe-*Botschaft als Radiowellensignal, 1977* Voyager *mit Audio- und Video-Botschaften, 1999 und 2003 die Radiosignalbotschaften* Cosmic Call, *2008 das digitale Radiosignal* A Message from Earth, *welches 2067 und 2088 wiederholt wurde. Nun 2117 wird mit einer Vielzahl von Gammastrahlenimpulsgeber aus dem gesamten Sonnensystem ins All gesendet. Doch was wäre, wenn unser Rufen eines Tages erhört würde oder gar missverstanden?*

Sonja wischte in einer eleganten Handbewegung über das Display. Auf dem großen Monitor im Kontrollraum des Patrouillenschiffs erschien das All, schwarz und unendlich. In der oberen rechten Ecke war ein Teil der Saturnringe zu erkennen. Mit zwei Fingern zoomte die Kommandantin einen Ausschnitt des schwarzen Nichts heran. Ein unförmiges Objekt mit drei kugelförmigen Auslegern vergrößerte sich auf dem Bildschirm.

»Hier ist unsere Muttersonde 2017. Sie scheint ein Problem zu haben. Denn eigentlich sollte sie sich nach einem Swing-by-Manöver um Saturn von deren Gravitation an den äußersten Rand unseres Sonnensystems katapultieren lassen. Doch stattdessen hat sie schon hier ein Drittel ihrer Babies frei gelassen.« Sonja zoomte den Ausschnitt noch weiter heran. An einer der Kugeln war eine Luke offen und eine Wolke kleiner Objekte schwirrt darum herum.

»Ich werde versuchen, Kontakt mit ihrem System aufzunehmen«, entgegnete Tim. Er tippte und wischte auf seinem Display herum, bis unendliche Zahlenreihen seinen Monitor füllten. In einem weiteren Fenster erschienen Grafiken und Kurven. »Der Fehler liegt offensichtlich in der Software. Ich lasse einige Diagnoseprogramme darüberlaufen. Doch dafür möchte ich Hardwarekontakt herstellen. Zuerst werde ich jedoch veranlassen, dass sich die kleinen Gammastrahlenimpulsgeber auf ihre Reise begeben. Hier in der Saturnumgebung sind sie nutzlos und gefährlich für unseren Außeneinsatz.«

»Gut, Tim«, antwortete Sonja. »Ich bereite inzwischen den Außeneinsatz vor.«

Eine Stunde später steuerten Tim und Sonja in ihren Bio-Suit-Raumanzügen der Sonde 2017 entgegen. Der Rest der Crew überwachte vom Kommandoraum des Patrouillenschiffs aus über die Kameras am Schiff und Sensoren in den Raumanzügen ihren Einsatz.

Sonja blickte zurück zu ihrem Schiff. Es war nun ein undefinierbares leuchtendes Objekt, welches zunehmend kleiner wurde. Es wirkte, wie eine weit entfernte Sonne – einer von unzähligen Sternen im unendlichen All. Bei diesen Gedanken fühlte sie sich mit einem Mal klein und unbedeutend. Wenn sie die gigantische unerforschbare Größe des Weltalls zu begreifen versuchte, versagte ihr Verstand. Sie war nichts. Sie war nur ein Molekül in einem riesigen Gebilde, das sich ihr nicht erschloss.

»Wir haben 2017 erreicht«, riss Tims Stimme sie aus ihren Gedanken.

»Wir haben euch auf dem Schirm«, bestätigte Benny, der Bordingenieur.

»Ich überprüfe zunächst das Sendesignal.« Sonja konzentrierte sich nun wieder voll auf ihre Arbeit. Sie blickte auf den Monitor auf ihrem Handgelenk. »Ich habe Signale von 3592 Muttersonden im Sonnensystem.« Sie tippte mit ihren Latexhandschuhen auf die Displayfolie. »Nr. 2017 sendet ganz normal.«

»Ich werde mich nun in das System einhacken«, verkündete Tim. »Diagnoseprogramme laufen ab jetzt.«

Sonja scannte inzwischen die Umgebung nach Partikeln ab, die ihnen gefährlich werden konnten. Doch der Raum in nächster Nähe war sauber. Auf ihrem Monitor blinkte die Zahl 3590. Zwei Systemausfälle waren demnach zu verzeichnen. Dies war nichts Außergewöhnliches. Dafür waren sie und ihre Crew in dem Patrouillenschiff zuständig.

3473. Sonja stutzte.

3318. Nun wurde sie unruhig. »Wie lange noch, Tim?«

»Ich glaube, ich habe die Fehler identifiziert. Moment noch.«

3200. »Etwas stimmt nicht, Tim.«

»Ich hab's gleich.«

»Benny, Die Muttersonden fallen reihenweise aus. Kannst du das bestätigen?«

2801. »Bestätige, Sonja. Hier leuchten zahlreiche Errormeldungen.«

»Ursache, Benny?«

»Wir arbeiten dran.«

»Was sagt die Mondstation dazu?«, fragte Sonja.

»Ein außergewöhnlicher Partikelsturm jagt durch das Sonnensystem. Ihr solltet den Einsatz sofort abbrechen«, antwortete Benny.

»Tim, wir fliegen sofort zurück.« Sonja reichte Tim das Sicherungskabel. »Nur so ein Gefühl.«

Tim klinkte es in seinem Gürtel ein und war nun mit Sonja verbunden. Sie starteten ihre Steuerdüsen und richteten sie auf das Patrouillenschiff aus.

1548 zeigte die Anzeige.

»Funkkontakt zur Mondstation unterbrochen«, meldete Benny.

Sonjas Atem ging schneller. Auch Tims Atem hörte sich über das Intercom lauter und erregter an. »Was geht da vor?«, fragte er. Sonja antwortete nicht. Sie wusste selbst nicht, was dies alles bedeutete.

1279. »Funkkontakt zur Erde gestört ... jetzt völlig tot«, meldete Benny. »Beeilt euch.«

Ihre Düsen liefen mit höchster Leistung. Doch das Raumschiff war noch immer ein unförmiger leuchtender Punkt. Nur allmählich nahm es Gestalt an. Die faszinierenden Ringe des Saturn dominierten ihr Blickfeld.

1107. Hinter den Ringen breitete sich eine ungewöhnliche Helligkeit aus. Sie leuchtete rosa. Diese rosa fluoreszierende Wolke im unendlichen schwarzen All kam auf sie zu.

875. Sonja blickte zu Tim. Der war nun ganz nah und fasste ihre Hand.

762. »Was ist das?« Seine Stimme klang heißer.

»Nichts Gutes, fürchte ich«, entgegnete Sonja.

Die Wolke hüllte nun Saturn ein, wie Milch, die in einen Kaffee gegossen wurde, einen Würfelzucker einhüllte.

600. Das Raumschiff war nun sehr nah. Sonja konnte in einem Fenster Bennys Kopf erkennen.

477. »Vielleicht ist das die Antwort auf unser Rufen ins All«, meinte Tim.

Sonja erstarrte. Sie blickte auf ihr Schiff, welches plötzlich erlosch. Die Schwärze des Alls hatte es aufgesogen. Auch ihr Display am Handgelenk erlosch. Alle Systeme waren tot. Die rosa Wolke hatte nun ihr gesamtes Blickfeld eingenommen. Das Patrouillenschiff zeichnete sich davor als dunkle Silhouette ab. Tim drückte ihre Hand.

»Das ist das Ende«, flüsterte Sonja entsetzt.

Es kam keine Antwort. Eine schwere Stille lastete auf ihr. Die Wolke kam unaufhaltsam näher und überspülte sie, wie ein Tsunami. Alles um sie herum glühte rosa. Dann wurde die Wolke allmählich durchsichtiger und sie konnte das Schiff unter sich hindurchziehen sehen. Es zu erreichen war nicht möglich. Alle ihre Systeme waren tot. Vor ihr wurde die Sicht wieder klarer und sie blickte auf den riesigen Ringplaneten. Saturn erhob sich aus der Wolke, wie die Sonne aus dem Meer. Sonja spürte die Kälte des Alls durch ihren Anzug kriechen. Der Sauerstoff würde noch eine Stunde reichen. Eine Stunde mit Tim an ihrer Hand, dem wunderbaren Ausblick auf Saturn vor sich und der Frage im Kopf: »War das die Antwort auf unser Rufen?«

STÖRFALL

Zac erwachte aus der Bewusstlosigkeit. Es war hell um ihn herum. Für einen Moment wusste er nicht, ob er die Augen offen oder geschlossen hatte, denn er erkannte keinerlei Konturen. Sein Körper schmerzte von den Schlägen. Er fuhr sich mit dem Handrücken über die Nase. Eine rote Spur blieb auf seiner Hand zurück und war das Erste, was seine Augen in der hellen Umgebung unterscheiden konnten. Es war Blut. Ein Tropfen löste sich von seiner Haut und schwebte als kleine purpurne Kugel vor seinem Gesicht. Zac zuckte unwillkürlich zusammen. Panik übermannte ihn. Er begriff, dass er sich in Schwerelosigkeit befand. Jetzt spürte er auch die unangenehme Übelkeit im Magen, die er noch vom Training her kannte. Es war damals sicherlich nicht für diese absurde Situation gedacht gewesen, sondern für den Notfall, falls die künstliche Gravitation des Raumschiffs ausfallen sollte. Er hatte es gehasst und hasste es noch immer.

Schlagartig schoss sein Puls in die Höhe. Er wand sich wie ein Wurm und sein Kopf tockte leicht gegen eine Wand. Seine

Augen hatten sich mittlerweile an das blendende Licht gewöhnt und er konnte nun die Wabenstruktur der Wand
erkennen, von der er nach dem Zusammenstoß wieder weg-
trieb. Der Raum war kugelförmig. Es gab keinerlei Anhalts-
punkte, wo oben oder unten war und keinerlei Hinweise,
welche der Waben einen Ausgang darstellte. Er konnte weder
Lampen noch sonstige Leuchtmittel erkennen. Das Licht
schien von überall her zu kommen. Die Orientierungs-
losigkeit und Schwerelosigkeit lösten einen stärker werden-
den Brechreiz in ihm aus. Zac schloss die Augen und kämpfte
dagegen an.

»Zac Riotta – Sektion Basis – Ihre Biodatenwerte liegen
außerhalb der Normbereiche. Bitte versuchen Sie, sich zu
beruhigen, sonst werde ich Ihnen ein Sedativum injizieren.«

»Ja, du scheiß Computer. Ich werde mich beruhigen«,
presste er hervor. Er wusste, dass die kleine Elektrode, die
jeder auf dem Schiff unter der Haut auf der rechten Brustseite
trug, ständig den Blutdruck, Körpertemperatur, Herz- und
Atemfrequenz und die Sauerstoffsättigung an den Zentralcomputer übermittelte. Beruhigen. Er konnte es nicht vor-
täuschen. Er versuchte, langsamer zu atmen und nicht mehr
daran zu denken, dass er sich in einer kugelförmigen
Inhaftierungszelle befand. Das war jedoch nicht so einfach.
Zum einen hatte er einfach Panik vor dem Nichts, in dem er
schwebte, und zum anderen wusste er nicht, warum er
inhaftiert worden war.

Der Tag hatte angefangen wie jeder andere auch, seit sie
vor fast zwei Wochen aus dem Hyperschlaf geholt worden
waren. Er hatte geduscht und sich den grauen Overall der
Sektion Basis angezogen, wie knapp zweihundert weitere
Bewohner des Internationalen Forschungsschiffs I.R.S. Hyde.
Für all diese Menschen sowie die fünfzig Grün-Overalls der

Sektion Wissenschaft, die dreißig Blau-Overalls der Sektion Sicherheit und die zwanzig Rot-Overalls der Sektion Kommando hatte er eine Verantwortung. Er war für die Verpflegung all dieser Menschen zuständig und somit indirekt auch für ihre Gesundheit und ihr Wohlbefinden. Er plante die verschiedenen Menüs für Frühstück, Mittag- und Abendessen sowie Snacks und Zwischenmahlzeiten. Seine Crew bereitete mehrere Hundert Mahlzeiten pro Tag nach seinen Anweisungen zu. Beschwerden gab es selten. Bis heute. Gestern hatte anscheinend irgendwem seine Suppe nicht geschmeckt.

Als die Türschelle kurz vor acht Uhr morgens Bordzeit ertönte, war er gerade mit Rasieren fertig gewesen. Nichtsahnend hatte er geöffnet.

»Bleiben Sie ruhig stehen, Zac Riotta«, hatte er noch die Stimme des Bordcomputers gehört. Unter der Crew wurde er Harry genannt; offiziell hatte die KI keinen Namen. Er hatte drei Sicherheitsmänner erblickt und im selben Moment hatten sie ohne Vorwarnung auf ihn eingeschlagen. Ihm war keine Zeit geblieben, sich zu wehren, und er wäre auch nicht in der Lage dazu gewesen. Er hatte versuchte, seinen Kopf mit den Armen zu schützen. Der Schmerz der Elektrostöcke war jedoch so übermächtig gewesen, dass er keinen klaren Gedanken fassen konnte. Schließlich hatte er das Bewusstsein verloren.

»Zac?« Die Stimme der KI klang sachlich, aber auch freundlich. »Ich werde jetzt die Gravitation in Ihrer Zelle einschalten. Sobald Sie auf dem Boden liegen, drehen Sie sich auf den Bauch und nehmen die Hände in den Nacken. Falls Sie der Aufforderung nicht uneingeschränkt Folge leisten, werden wir Ihnen Schmerzen zufügen. Haben Sie diese Anweisung verstanden?«

Zac blickte sich unschlüssig um. Sein Puls stieg wieder an.

»Haben Sie die Anweisung verstanden, Zac?«, wiederholte der Computer.

»Ja, ich habe verstanden«, antwortete er widerwillig.

Im selben Moment klatschte er auf den Boden. Er landete sofort auf dem Bauch und legte eilig die Hände in den Nacken. Neben seinem Kopf zerplatzten zwei kleine Blutstropfen auf dem weißen glatten Boden, der sich jetzt nach oben schob und eine ebene Fläche in dem Kugelraum bildete. Zac stierte die roten sternförmigen Flecken an, währen irgendjemand seine Handgelenke packte, die Arme auf den Rücken drehte und mit Handschellen fixiert. Was, zum Teufel, könnte er schreckliches verbrochen haben, wenn sie so ungewöhnlich brutal mit ihm verfuhren? Er wurde auf die Füße gezogen. Dabei erkannte er, dass zwei Sicherheitsleute ihn gepackt hielten und zwei weitere an der wabenförmigen Tür warteten.

Die Situation war völlig absurd. Sie löste Angst in ihm aus. Die Angst wurde so übermächtig, dass er sich nach vorn beugte und sich übergab. Ungeachtet dessen schoben die Sicherheitsleute ihn vorwärts in den Gang hinaus. Wie paralysiert ließ er sich von ihnen mitzerren. In seinem Kopf schwirrte alles durcheinander. Was war hier passiert? Wessen wurde er beschuldigt? Er versuchte, den gestrigen Abend Revue passieren zu lassen, um einen Anhaltspunkt zu haben. Doch ihm fiel nichts ein. Er hatte letzte Nacht noch nicht einmal eine Frau mit in seiner Kajüte gehabt. An der Bar war ein Mädchen gewesen, mit ihr hatte er ein wenig geflirtet, als er seinen letzten Rundgang durch die Kantinen, Restaurants, Bars und Clubs machte, für die er Verantwortung trug. Vielleicht war sie die Tochter des Captains gewesen? Nein, so ein Quatsch. Das alles ergab keinen Sinn. Genauso wenig wie dieser anklagende Blick aus den Augen der Bord-Katze, die in einem Seitengang sitzend, ihn beim Passieren anfauchte und ihre spitzen Zähne bleckte.

Vor ihm glitt eine Tür zur Seite. Drinnen war ein weißer fast leerer Raum. Ein Tisch mit zwei sich gegenüber stehenden Stühlen stand in der Mitte. Eine junge Frau im blauen Overall der Sektion Sicherheit saß auf dem einen Stuhl. Er wurde auf den anderen gedrückt. Die Handschellen auf seinem Rücken wurden am Stuhl fixiert. Zwei der Sicherheitsleute postierten sich neben ihm, die anderen zwei in den Ecken des Raumes hinter der Frau. Einer blickte ihn kurz an und dann zu Boden. Zac war irritiert. Er meinte, Tränen in den Augen des Sicherheitsmannes gesehen zu haben. Waren hier alle verrückt geworden?

»Darf ich bitte auf die Toilette?«, fragte er betont höflich. Er schmeckte immer noch das Erbrochene im Mund.

»Nein«, antwortete die Frau im blauen Overall.

»Um noch größerem Schaden vorzubeugen, schlage ich eine Injektion mit Pentobarbital vor«, hörte Zac Harrys monotone Stimme.

Die Frau, die ihm gegenüber saß, blickte ihn offen an. »Der Computer hat vorgeschlagen, Ihnen Pentobarbital zu injizieren. Wissen Sie, was das ist?« Sie hatte rotblonde halblange Haare und große grüne Augen wie die Katze. Auf ihrer Nase gab es zahlreiche Sommersprossen. In einer anderen Situation hätte er sie äußerst attraktiv gefunden. Nun aber registrierte er ihre Reize kaum. Er ruckte nervös an den Handschellen, die auf seinem Rücken mit der Stuhllehne verbunden waren.

»Nein«, antwortete er, bemüht, ruhig zu klingen. Doch ein leichtes Zittern in der Stimme konnte er nicht verhindern.

»Neugier ist keine natürliche Eigenschaft einer KI, deshalb ist für sie der Fall abgeschlossen. Aber sie ist eine Eigenart des Menschen. Wir wollen verstehen.« Sie sagte es mit fast mechanischer Stimme und blickte ihm kühl in die Augen. »Wir werden zusätzliche Biodaten während des Verhörs aufzeichnen. Sind Sie damit einverstanden?«

»Habe ich eine Wahl?«

»Nein.«

»Wozu dann diese blöde Frage?« Zacs Stimme war laut geworden. »Darf ich bitte auf die Toilette?«

Einer der Sicherheitsleute neben ihm öffnete den Reißverschluss seines Overalls und klebte ihm Elektroden auf die Brust, ebenso an die Hand- und Fußgelenke.

»Wir messen nun zusätzlich die elektrodermale Aktivität Ihrer Haut sowie eventuelles Zittern. Somit können wir Ihre psychischen Reaktionen auf meine Fragen besser beurteilen. Man nennt das umgangssprachlich Lügendetektor«, erklärte die Frau.

»Was ist dieses Pentodingsda, das Sie mir spritzen möchten? Eine Wahrheitsdroge?«, wagte er zu fragen.

»Nein. Pentobarbital ist ein Barbiturat, das früher als Schlafmittel eingesetzt wurde. In hoher Dosis führt es zur Lähmung des Atemzentrums und zum Tod durch Ersticken. Es wurde bei der Vollstreckung der Todesstrafe eingesetzt.«

Zacs Blutdruck schoss in die Höhe. Auf dem Monitor, der in der Tischplatte vor der Frau installiert war, begann es wild zu Blinken. Er wollte aufspringen, war jedoch fest mit dem Stuhl verbunden. Die Sicherheitsleute hielten ihn an den Schultern fest und drückten ihn fester auf den Stuhl zurück. In seiner Verzweiflung begann er laut zu schreien und gegen den Tisch zu treten. Die Möbel ließen sich keinen Millimeter verrücken. Sie waren anscheinend untrennbar mit dem Boden gekoppelt. Die junge Frau saß vor ihm und blickte ihn ungerührt an.

»Was soll das alles?«, brüllte er sie an. »Was habe ich getan? Es gibt keine Todesstrafe. Schon seit über hundert Jahren nicht mehr.«

»Wir befinden uns in einer außergewöhnlichen Situation und diese bedarf außergewöhnlicher Maßnahmen.«

»Scheiße! Verflucht! Erklären Sie mir das!«

Die junge Frau ließ sich von seinem Gebrüll nicht beeindrucken. »Nein, erklären *Sie* uns das«, forderte sie in ruhigem Ton.

Zacs Atem ging stoßweiße.

»Ist Ihr Name Zac Riotta?«

»Ja, verflucht. Das ist mein Name.«

»Antworten Sie bitte nur mit *Ja* oder *Nein*.« Die Frau ließ sich nicht aus der Ruhe bringen. Zac vermutete, dass Sie ein Android sein könnte. Ihnen wurde zwar erzählt, dass keine Androiden an Bord wären, da die Technik noch nicht ausgereift genug gewesen wäre. Doch ihnen war eine Menge erzählt worden und nichts davon deutete darauf hin, dass er hier aus unerfindlichem Grund zur Todesstrafe verurteilt werden könnte. Vielleicht hatte er gestern zu viel getrunken und befand sich im Delirium? Er fing an zu lachen. Selbst diese aberwitzige Reaktion von ihm entlockte seinem Gegenüber kein Augenzwinkern.

»Ist Ihr Name Zac Riotta?«

»Ja«, antwortete er mit unterdrücktem Kichern.

»Sind Sie der Leiter des Verpflegungswesens an Bord?«

»Das wissen Sie doch und Harry weiß das auch.« Er kicherte albern. Das war alles nicht wahr. Das musste ein Traum sein.

»Antworten Sie bitte nur mit *Ja* oder *Nein*. Wenn Sie nicht kooperieren, werden wir Ihnen Schmerzen zufügen.«

»Ach«, brüllte er, »die Folter wurde jetzt auch wieder legalisiert?«

»Ja. Nur für diesen Fall«, antwortete die Frau kühl. Sie gab einem der Sicherheitsleute einen Wink und Zac spürte einen furchtbaren Schmerz durch seinen Körper jagen, der ihm die Tränen in die Augen trieb und einen animalischen Schrei entlockte. Zitternd rutschte er ein Stück auf seinem Stuhl herunter. Doch die Fesselung ließ kaum Raum dafür zu. Der Sicherheitsmann legte den Elektrostock demonstrativ vor ihm auf den Tisch und zog ihn wieder in sitzende Haltung.

»Okay«, keuchte Zac noch völlig benommen von dem Stromschlag. »Ich werde kooperieren. Doch sagen Sie mir bitte, was mir vorgeworfen wird.« Die Verzweiflung schnürte ihm die Kehle zu.

Die Frau wies mit der Hand auf die rechte Wand. Dort erschien augenblicklich eine Vielzahl von Bildern der verschiedenen Überwachungskameras an Bord des Raumschiffes.

»Wie Sie wissen, gibt es einige Überwachungskameras an Bord. Nicht in den Privatunterkünften. Doch an den wichtigen Stellen des Schiffs, die für die Sicherheit der Bewohner relevant sind: Außenschleusen, Brücke, Reaktoranlage, medizinischer Bereich und auch in den Küchen.« Sie zoomte mit einer Handbewegung ein Bild einer der Großküchen heran. Zac erkannte einige seiner Mitarbeiter, wie sie an großen Kesseln standen und kochten. Der eingeblendeten Zeit konnte er entnehmen, dass es gestern Nachmittag war. Also bereiteten sie gerade das Abendessen vor; unter anderem die Kartoffelsuppe. Jetzt sah er sich selbst im Bild erscheinen, mit einem silberfarbenen Behältnis in der Hand. Er griff hinein und streute mehrere Hände voll des Inhalts in einen der Kessel.

»Was ist das?«, fragte die Frau.

»Meine spezielle Gewürzmischung für Kartoffelsuppe«, antwortete Zac. Dabei stierte er den Film an und begriff noch immer nicht, was das Ganze hier sollte. Eine seiner Mitarbeiterinnen rührte eifrig in der Suppe herum. Dann sah er, wie er einen Löffel zückte und die Suppe probierte.

Die Frau der Sektion Sicherheit stand auf und trat näher an die Wand heran. Mit einigen Handbewegungen öffnete sie nun vier Filme gleichzeitig. Sie zeigten eine Bar, ein Kino, das große Foyer und einen Raum des medizinischen Bereiches. Die eingeblendete Uhrzeit zeigte ein Uhr nachts. Zu dieser Zeit, so erinnerte er sich, war er gerade in seine Kabine gegangen. Auf den Bildern sah er nun eine Vielzahl von Menschen einfach zusammenbrechen. Sie fielen ohne ersichtlichen Grund um, waren sofort bewusstlos, oder …

»Was ist da passiert?«, fragte er erschüttert.

Die Frau drehte sich nun wieder zu ihm um. Diesmal schienen ihre Augen leicht gerötet. Zacs Beine begannen zu zittern. Eine Ahnung machte sich in ihm breit.

»Heute Morgen gegen ein Uhr drei sind zweihundertfünfundachtzig von den dreihundert Besatzungsmitgliedern der I.R.S. Hyde auf noch ungeklärte Weise zu Tode gekommen. Allen gemeinsam war, dass sie Ihre Kartoffelsuppe gegessen hatten.«

Zac starrte sie mit offenem Mund an. Sein rechtes Bein zitterte so stark, als würde es unter Strom stehen. Er konnte keinen klaren Gedanken fassen. Er schüttelte leicht den Kopf.

»Nein«, kam kaum hörbar über seine Lippen.

»Was soll das heißen? *Nein.*« Diesmal war die Stimme der Frau nicht mehr ruhig und gelassen. Sie trat an den Tisch und schlug mit den Fäusten auf die Platte. »Warum?«, brüllte sie ihm ins Gesicht.

Zac spürte Kälte in sich aufsteigen und gleichzeitig liefen ihm Schweißperlen an der Schläfe herunter. Alles begann sich zu drehen. Er schloss die Augen. *Ich war das nicht*, dachte er. Doch er hatte keine Kontrolle über seinen Körper. Das Zittern hatte nun auch den Oberkörper erfasst.

»Computer«, hörte er die Stimme der Frau. »Ist die Analyse des Giftes abgeschlossen?«

»Nein«, antwortete die KI. »Ich kann im Moment nur mitteilen, dass es sich um eine Mischung verschiedenster Substanzen handelt, die ihre Wirkung zwar erst einige Stunden nach der Aufnahme in den Körper entfaltet, dafür aber zu einem sehr plötzlichen Atemstillstand führt.«

»Sagen Sie uns wenigstens den Grund, Zac Riotta. Wir möchten das verstehen können.« Die Stimme der Frau klang sehr eindringlich.

»Darf ich bitte auf die Toilette?«, fragte Zac mechanisch mit noch immer geschlossenen Augen.

»Nein«, brüllte sie ihn an.

»Aber ich habe doch selbst von der Suppe probiert.«

»In geringen Mengen verursacht das Mittel nur Übelkeit«, mischte sich die KI in das Gespräch ein. »Ihnen ist doch übel, oder?«

Zac hatte immer noch die Augen geschlossen. Er wusste nichts darauf zu antworten. Ja, ihm war übel – übel vor Todesangst.

»Computer?«, hörte er die Stimme der Frau. »Wie ist deine Einschätzung?«

»Nach Auswertung der Videoaufzeichnungen und der Biodaten während der Befragung sowie der Einbeziehung jeglicher Daten aus der Crewdatenbank ist Zac Riotta zu neunundneunzig Komma drei Prozent Wahrscheinlichkeit schuldig, zweihundertfünfundachtzig Menschen mit Vorsatz getötet haben.«

Er hörte, wie die Frau tief durchatmete und dann in gewohnter ruhiger Art sagte: »Zac Riotta, ich sehe somit Ihre Schuld am Tod von zweihundertfünfundachtzig Besatzungsmitgliedern des Forschungsraumschiffs I.R.S. Hyde für erwiesen an und verurteile Sie hiermit als Leiterin der Sektion Sicherheit, und in Abwesenheit eines ordentlichen Gerichtes, zum Tod durch die Giftspritze. Das Urteil ist unanfechtbar und wird sofort vollstreckt.«

Zac öffnete die Augen. »Das ist völlig lächerlich.«

Die Frau stieß sich vom Tisch ab. Die beiden Sicherheitsleute an seiner Seite packten ihn. Sie lösten die Handschellen vom Stuhl und zerrten ihn hoch. Zac hatte das Gefühl, dass die Schwerkraft allmählich aussetzte. In seinem Kopf kribbelte es. Er bäumte sich auf und entwand sich dem Griff der Männer. Wie von Sinnen stürmte er zu der geschlossenen Tür und prallte in verzweifelter Sinnlosigkeit mit der Schulter dagegen. Ein Elektrostoß in seinem Rücken zwang ihn in die Knie.

»Das ist doch völlig verrückt. Ich habe diese Menschen nicht getötet. Das müssen Sie mir glauben«, flehte er.

»Der Computer hat Ihre Schuld zweifelsfrei festgestellt«, ergänzte die Frau.

»Dann ist das ein Scheiß-Computer«, brüllte Zac. Er wurde von den sechs Sicherheitsleuten gepackt und hinausgetragen. Er versuchte, sich zu wehren, doch ihm versagten allmählich die Kräfte. In seinem Kopf pochte es laut, wie ein Hammer. Er würde jetzt sterben und konnte nichts dagegen tun. Er schnappte nach Luft, als könne er durch die überhöhte Sauerstoffzufuhr sein Leben verlängern. Das Gegenteil war jedoch der Fall. Er hyperventilierte und sorgte somit durch das vermehrte Ausatmen von Kohlenstoffdioxid für den paradoxen Zustand, dass sich seine Hirngefäße zusammenzogen und deshalb eine Unterversorgung des Gehirns mit Sauerstoff eintrat. Bevor er ohnmächtig wurde, spürte er noch, wie sich seine Blase entleerte.

Er erwachte mit Kopfschmerzen. Sein Körper war auf einer Liege fixiert. In seiner linken Armbeuge steckte ein Zugang. Kälte stieg von seiner durchnässten Hose in seinen Körper und ließ ihn leicht zittern. Er wusste nicht, ob er weinen oder lachen sollte bei dem Gedanken, dass er sich vor Angst buchstäblich in die Hose gemacht hatte. Eine Ärztin in weißem Kittel, unter dem Zac den grünen Overall der Sektion Wissenschaft erkannte, beendete gerade die Vorbereitungen. Sie drückte der Sicherheitsleiterin eine Spritze in die Hand.

»Auch, wenn ich als Mensch das Bedürfnis nach Rache und Vergeltung verspüre, kann ich als Ärztin diesen Schritt nicht tun.«

»Ich verstehe«, antwortete die rothaarige Frau.

»Sie müssen die Spritze nur hier ankoppeln und den Kolben langsam herunter drücken. Er wird einfach einschlafen.« Die Ärztin verließ den Raum.

Zac konnte nur noch die Sicherheitsleiterin und einen ihrer Leute sehen, die neben der Liege standen, auf der er festgezurrt war.

Die Frau koppelte die Spritze an den intravenösen Zugang. »Möchten Sie noch etwas sagen, Zac Riotta?«

»Schauen Sie mir in die Augen«, flüsterte er. Seine Kehle war so trocken, dass kein Ton daraus hervor ging. Er blickte auf das kleine Namensschild oberhalb ihrer linken Brust. »S a o i r s e O´Neill«, buchstabierte er unbeholfen.

»Das ist Irisch. Man spricht das Sörscha O´Nail aus«, erklärte sie fast freundlich.

»Schauen Sie mir in die Augen, Sörscha.«

Sie kam mit ihrem Gesicht ganz nah.

»Glauben Sie wirklich, dass ich ein Massenmörder bin?«

Sie antwortete nicht.

»Ich bin kein Mörder. Das müssen Sie mir glauben.«

»Es geht hier nicht um Glauben, Zac. Der Computer sagt, dass Sie zu neunundneunzig Komma drei Prozent Wahrscheinlichkeit schuldig sind und diese Menschen mit Vorsatz getötet haben. Das genügt mir. Mein Bruder und meine Schwester sind unter den Toten.«

Zac traten Tränen in die Augen. »Sie töten den Falschen.«

Die Frau blickte ihn mit versteinerter Miene an und drückte den Kolben durch. Zac spürte, wie die kühle Flüssigkeit in seine Vene strömte. In seinem Mund verbreitete sich ein chemischer Geschmack. Er schloss die Augen und dämmerte weg, ohne dass sein Leben an seinem inneren Auge vorbeigezogen wäre.

Saoirse O´Neill legte die Hand auf den Scanner zur Brücke. Die Tür glitt auf. Captain Arthur Coblenz drehte sich zu ihr um. Saoirse wartete in der offenen Tür.

»Treten Sie ein, O'Neill.«

»Danke, Sir.« Saoirse betrat die Brücke und die Tür glitt hinter ihr zu. »Ich habe die Hinrichtung des Massenmörders durchgeführt.«

»Hat er gestanden?«

»Nein.«

»Hat er ein Motiv genannt?« Der Captain betrachtete interessiert einen Monitor vor sich. Auf dem konnte Saoirse eine Vielzahl von Graphen erkennen. Die Amplituden erinnerten sie an die Biodatenübersicht von Zac Riotta, den sie gerade getötet hatte.

»Nein, Sir. Er nannte kein Motiv. Er beteuerte seine Unschuld.« Sie wendete den Blick von den Graphen ab und betrachtete den Weltraum, der sich auf dem großen Hauptmonitor vor ihr zeigte. Ein Planet schien zum Greifen nah. Er war blau und mit Wolken bedeckt. Fast wie die Erde.

»Ach.« Der Captain blickte seine Sicherheitschefin fragend an. Eine Strähne seines grauen Haars war ihm in die Stirn gerutscht. Er strich sie mit der Hand an ihren Platz zurück. In Anbetracht der furchtbaren Umstände, in der sich die Mission befand, wirkte er auf die Frau ungewöhnlich gelassen. Sie konnte ihm daraus allerdings keinen Vorwurf machen, denn sie selbst war auch wie paralysiert nach dem Terrorakt und überspielte ihre innere Anspannung mit äußerer Coolness.

»Der Computer errechnete aus den Reaktionen und Biodaten des Verdächtigen eine neunundneunzig Komma drei prozentige Wahrscheinlichkeit, dass er schuldig ist.«

»Gut. Was sagen *Sie* dazu?«

»Er war schuldig.« Saoirse blickte sich in der Kommandozentrale um. Alle sechs Überlebenden der Kommandocrew waren anwesend. Es war bedrückend still. Jeder ging einer scheinbar wichtigen Tätigkeit nach.

»Gut.« Der Captain blickte zurück auf den Monitor. »Es ist gut, dass Sie das so pragmatisch sehen. Der Computer hat die Todesstrafe vorgeschlagen. Es gab keine andere Möglichkeit. Schließlich ist unser Schiff eine kleine isolierte Welt.«

»Ja. Es war die einzig logische Strafe. Doch wie soll es nun weitergehen?«, fragte Saoirse. »Die Mission ist gescheitert. Fünfundneunzig Prozent der Besatzung sind tot. Wir kennen noch nicht einmal das Motiv.«

»Das ist eine berechtigte Frage. Doch der Mörder ist gestellt und seiner gerechten Strafe zugeführt. Wir haben keine andere Möglichkeit. Wir müssen weitermachen.«

»Ich halte es für besser, wenn wir umkehren.«

Der Captain schaute wieder zu ihr auf. Sein Blick war ernst. »Was geschehen ist, ist schrecklich, geradezu unfassbar. Doch umkehren kommt nicht in Frage. Zum Einen haben wir das erste Mal in der Geschichte der Menschheit die Möglichkeit, so tief in den Raum vorzudringen und eventuell auf eine fremde Rasse zu stoßen. Zum anderen …«

»Aber wie kann Sie das jetzt noch interessieren?«, unterbrach Saoirse ihren Vorgesetzten. »Ich verstehe Sie nicht. Ihr eigener Sohn ist unter den Toten.« Bei diesen Worten bemerkte sie, ein heftiges Zittern der rechten Hand des Captains. Er umschloss sie mit der Linken. Die Sicherheitschefin versuchte, sich nicht anmerken zu lassen, dass sie den motorischen Ausfall ihres Vorgesetzten bemerkt hatte.

»Tom wusste, worauf er sich einließ. Diese Mission ist für uns alle im Prinzip eine Reise ohne Wiederkehr. Das wissen Sie doch selbst. In wenigen Stunden wird das Bremsmanöver abgeschlossen sein. Ein sinnvoller Umkehrpunkt ist längst überschritten. Und ein Abbruch dieser Mission würde die Toten auch nicht wieder lebendig machen.«

Captain Coblenz stand auf und legte Saoirse seine Hand auf die Schulter. Von seinem Zittern war nichts mehr zu bemerken. »Es wird für uns sowieso einen Kulturschock geben, falls wir irgendwann zurückkehren. Während die Reise für uns im Schiff zwanzig Jahre betrug und wir zudem durch den Kryoschlaf nur um etwa fünf Jahre gealtert sind, gibt es auf der Erde mittlerweile niemanden mehr, den wir kennen. Nicht einmal Nachkommen unserer Verwandten und Freunde leben noch. Das wissen Sie doch.«

»Ja, ich weiß. Zweihundertsiebzig Jahre ist eine unvorstellbare Zahl. Und bis wir zurück sind, ist es über ein halbes Jahrtausend.«

»Sehen Sie, O'Neill? Es macht keinen Sinn über Rückkehr nachzudenken. Wir sollten das Missionsziel im Auge behalten. Und das ist der Erstkontakt zu einer fremden außerirdischen Rasse.«

Saoirse nickte leicht, um ihre Zustimmung zu bekunden. Das Zittern seiner Hand ging ihr jedoch nicht aus dem Kopf. »Sir, verzeihen Sie, wenn ich indiskret erscheinen sollte. Doch Sie sollten sich von Dr. Stevenson durchchecken lassen. Ihr Zittern kann auf eine Kryo-Neuropathie hindeuten. Es kommt äußerst selten vor, dass der Körper den Kryoschlaf nicht unbeschadet übersteht, aber es sind einige Fälle bekannt.«

Captain Arthur Coblenz straffte seine Haltung. »Ich werde Ihren Vorschlag und Ihre Bedenken im Logbuch vermerken.«

Die anderen Crewmitglieder sahen von ihrer Arbeit auf und blickten sie an. Sie meinte, einen Vorwurf in ihren Blicken zu lesen.

Saoirse verließ die Brücke mit einem flauen Gefühl im Magen. War sie zu weit gegangen? Aber sie konnten sich nicht erlauben, ein weiteres Besatzungsmitglied zu verlieren. Wenn der Captain wirklich an Kryo-Neuropathie litt, musste ihm das Kommando entzogen werden. So viele Tote und nun noch ein Captain, der möglicherweise an einer Persönlichkeitsstörung litt.

Saoirse machte sich auf den Weg zur medizinischen Station. Der Gang lag hell erleuchtet vor ihr. Das Licht war so blendend weiß, dass es in ihren Augen schmerzte. Tränen bildeten sich. Die Frau versuchte, ihren emotionalen Ausbruch zu bekämpfen, indem sie langsam und tief atmete. Sie durfte nicht zu intensiv über ihre Lage nachdenken. Die Situation überstieg sonst ihren menschlichen Verstand. So viele Tote und so viele Lichtjahre von der Erde entfernt. Sie wusste, dass der Rest der Crew es nicht zurückschaffen konnte. Das war unmöglich. Aber sie musste diesen Gedanken bekämpfen und nach einem neuen Lebensziel suchen. Zunächst ging es darum, die Sicherheit auf dem Schiff wieder herzustellen. Denn der Mörder war, ihrer Ansicht nach, noch nicht gefasst. Es konnte jeder sein, jeder – sogar der Captain. Deshalb hatte sie gelogen. Sie konnte niemandem vertrauen.

Dr. Anna Stevenson erwartete sie im Überwachungsraum der medizinischen Station. Auf einem Monitor sah sie das Gesicht und den bloßen Oberkörper eines Mannes. Auf seiner linken Brust war eine frische kleine Verletzung. Über einen dünnen Schlauch unter der Nase wurde er mit Sauerstoff versorgt. Zugänge in den Armen ermöglichten die Gabe von lebensrettenden Medikamenten. Die Biodaten auf dem Monitor daneben zeigten einen stabilen Zustand an.

»Die Wiederbelebung von Ray Bowman war erfolgreich. Es wird jedoch noch einige Stunden dauern, bis er das Bewusstsein wiedererlangt«, berichtete die Ärztin. »Sie sollten sich ausruhen, Saoirse.«

Die Sicherheitschefin blickte noch einen Moment auf den Überwachungsmonitor der Intensivstation, dann nickte sie und verließ den Raum.

Saoirse wurde von einem schrillen Alarmton geweckt. Schweißgebadet erwachte sie und setzte sich ruckartig auf. Etwas sprang fauchend von ihrem Bauch.

»Jones. Du dumme Katze. Was erschreckst du mich so?«

Der Traum, in dem sie gefangen gewesen war, hatte den Angstschweiß ausgelöst. Überall waren Tote gewesen und furchtbare Kreaturen trieben auf dem Forschungsschiff ihr Unwesen, die während ihrer Kryostase an Bord gekommen waren. Natürlich wusste ihr Verstand, dass dies eine Verarbeitung der schrecklichen unerklärlichen Ereignisse an Bord war, gemischt mit Ausgeburten ihrer Fantasie. Doch trotzdem zitterte sie leicht und schaute sich in ihrer Kabine um, ob sie auch wirklich allein war. Es war nichts Verdächtiges zu sehen. Niemand war in ihre Privatunterkunft eingedrungen. Nicht einmal Harry hatte Zugang zu diesen Räumen. Es gab keine Überwachungskameras. Nur der Sensor in ihrer Brust verriet dem Computer ihren Standort und ihren medizinischen Zustand. Er konnte im Notfall die medizinische Station unterrichten, hatte aber sonst keinerlei Befugnis in den Privatunterkünften der Crew.

Der Signalton schrillte noch immer in ihren Ohren. Soairse schlüpfte in ihren Overall und stellte über den Kommunikator am Handgelenk eine Verbindung zu ihrem Team her.

»Meldung!«

»Notfall in der medizinischen Station«, war die Antwort.

»Schaltet das Signal ab. So viele Crewmitglieder gibt es ja nun nicht mehr, die gewarnt werden müssten«, ordnete sie an, während sie sich die Haare richtete und aus der Tür eilte. Jones schlüpfte ebenfalls hinaus und verschwand im Labyrinth der Gänge.

»Verstanden.«

Der Ton erstarb.

Vor der Medizinischen sah sie Dr. Stevenson auf dem Boden liegen. Einer ihrer Sicherheitscrew war über sie gebeugt. Es war Sean. Er war mit einer Herzmassage beschäftigt. Susan beatmete die Ärztin.

Isroil begrüßte Saoirse mit starrer Miene. »Ich fürchte, wir können nichts mehr für sie tun«, berichtete er.

Der vierte Überlebende ihres Teams, Jake, kam gerade mit dem Defibrillator aus der Tür geeilt. Saoirse ließ ihr Team die Reanimation fortsetzen und begab sich in die Intensivstation.

Der Mann lag auf dem Bett. Angeschlossen an Geräte. Er war noch nicht zu sich gekommen. Die Erleichterung, die dieser Anblick in ihr auslöste, verwirrte sie. Hatte sie erwartet, er stände hier mit einer Waffe in der Hand und wäre der Mörder der Ärztin? Sie wusste es nicht. Doch sie hatte, entgegen der Analyse des Computers, diesen Mann für unschuldig gehalten und ihm mithilfe von Dr. Stevenson vor dem Tod bewahrt. Auf einem Bügel an der Wand hing eine Uniform. Es war nicht die Graue der Sektion Basis mit der Aufschrift »Zac Riotta« sondern eine Blaue der Sektion Sicherheit mit der Aufschrift »Ray Bowman«.

Ihr Kommunikator am Handgelenk machte sich bemerkbar. Der Captain erschien auf dem Display.

»Gibt es ein Problem, O'Neill?«

»Ja, Captain. Es gibt eine weitere Tote. Dr. Stevenson«, berichtete sie sachlich.

Der Captain hatte sich reichlich Zeit gelassen, war Saoirses Gedanke. Viel Interesse schien er nicht daran zu haben. Dass er die Verbindung beendete, ohne weitere Fragen zu stellen, fand sie noch viel merkwürdiger.

Die Aufmerksamkeit der Frau wurde nun wieder auf das Geschehen draußen vor der medizinischen Station gelenkt. Geschrei und Tumult drangen bis in den Intensivmedizinischen Raum vor. Sie eilte nach draußen in der Hoffnung, dass die Reanimation Erfolg gehabt haben könnte. Doch sie wurde enttäuscht.

Einer ihrer Sicherheitsleute stand im Gang und bedrohte die anderen drei mit einer Pistole.

»Wo haben Sie die Waffe her, Isroil?«

»Aus Ihrem Quartier. Ich bin doch nicht blöd. Ich laufe doch nicht unbewaffnet einem Mörder in die Arme.«

Soairse versuchte, sich den Schock über die Antwort nicht anmerken zu lassen. Also war doch jemand in ihr Quartier eingebrochen. Ihr Unterbewusstsein hatte es wahrgenommen und wollte sie mittels des Traums warnen. Zudem war die Katze auf unerklärliche Weiße hineingekommen, wurde ihr jetzt erst bewusst.

»Aber der Täter ist neutralisiert. Legen Sie die Waffe auf den Boden, Isroil!« Saoirses Stimme war ruhig, aber bestimmt.

Der junge Mann hatte Tränen in den Augen. »Nein, auf keinen Fall. Seid ihr alle blind? Dr. Stevenson wurde ermordet. Hier stimmt etwas nicht. Etwas Unheimliches treibt hier ein böses Spiel. Etwas ist an Bord und will uns alle auslöschen.«

Saoirse musste an ihren Traum denken. Doch ihr Verstand sagte ihr, dass dieser Gedanke Blödsinn war. »Beruhigen Sie sich, Isroil. Sie brauchen keine Angst zu haben. Die Morde waren schrecklich, aber sie sind aufgeklärt.«

»Das ist eine Lüge. Nichts ist aufgeklärt. Ich halte das nicht aus. Wir werden sowieso alle sterben.« Mit diesen Worten richtete er die Waffe gegen seinen Kopf und drückte ab. Saoirse wollte noch nach vorn sprinten, um ihn aufzuhalten, doch es war zu spät.

»Nein«, schrie sie. »Verflucht.« Der Körper des Mannes fiel zu Boden. Sie drehte sich zum Rest ihres Teams um. »Wir müssen jetzt die Ruhe bewahren. Wir dürfen nicht durchdrehen.«

Drei bleiche Gesichter blickten sie an und nickten verhalten. Sie nahm ihre Pistole an sich und steckte sie hinten in den Gürtel des Overalls. »Bringt die Leichen weg. In drei

Stunden treffen sich alle Überlebenden auf der Brücke. Vorher muss ich noch etwas erledigen.«

»Ray Bowman?«

Er hörte die Stimme und war verwirrt.

»Du musst zu dir kommen.« Es war die Stimme der Sicherheitschefin – seiner Mörderin. Er verstand nicht, was hier passierte. War das das Jenseits?

»Ich bin nicht Ray«, murmelte er.

»Komm zu dir! Öffne die Augen! Deine Biowerte sind stabil. Ich werde dich jetzt in dein Quartier bringen.«

Er öffnete die Augen und blickte in das sommersprossige Gesicht gerahmt von rotem Haar. Dann spürte er, wie sie etwas aus seinen Armbeugen zog.

»Soairse O'Neill, Ihr Vorgehen ist unlogisch. Der Patient benötigt nach erfolgreicher Reanimation mehrere Tage unter absoluter Überwachung. Sie haben keine Berechtigung diese medizinischen Entscheidungen zu treffen.« Das war Harrys Stimme. Zac stutzte. Er war also nicht tot.

»Wer sollte diese Entscheidungen deiner Meinung nach treffen, Comp… Harry?«

Zac beobachtete, wie Soairse ihn von den technischen Geräten abkoppelte, während sie mit der KI diskutierte.

»Ich. Nur ich bin nach dem Tod von Dr. Stevenson in der Lage solche Entscheidungen zu treffen. Oder der Captain«, antwortete der Computer.

»Das bezweifle ich. Der Captain ist momentan nicht in der Lage *irgendwelche* Entscheidungen zu treffen. Und du bist ein Computer. Dich lasse ich auf keinen Fall über das Schicksal unserer Crew entscheiden.« Während sie sprach, half sie Zac, sich aufzusetzen. Sie holte den blauen Overall und hielt Zac die Aufschrift »Ray Bowman« unter die Nase. Obwohl er den

Zusammenhang nicht verstand, begriff er, dass dies sein Name sein sollte. Wem jedoch sollte er vertrauen? Der Frau, die ihm eine Giftspritze verpasst hatte, oder dem Computer, der dieses Vorgehen vorgeschlagen hatte? Zac zog den ihm gereichten Overall über. Die Frau blickte ihn mit ihren grünen Augen an und half ihm aufzustehen. Er entschied sich, zunächst den grünen Augen zu vertrauen. Schließlich hatte Harry keine Augen, noch nicht einmal irgendeine Art von Gesicht oder Abbild. Er war nur ein Elektronengehirn mit einer Stimme.

»Ich muss protestieren«, hörte Zac Harrys Stimme, während er, gestützt von der Sicherheitschefin, den Raum verließ.

»Ja, protestiere meinetwegen. Ich bringe Ray Bowman jetzt in sein Privatquartier.«

Wenige Minuten später schloss sich die Tür der Kabine von Ray Bowman hinter ihnen. Der Raum war fast identisch mit seinem eigenen. Nur einige persönliche Dinge, die herumlagen, verrieten Zac, dass es der Raum eines anderen war. Vermutlich eines Toten.

»Hier können wir ungestört sprechen. Harry hat in den Privaträumen keinen Zugang«, erläuterte die Frau und half ihm, sich auf das Bett zu setzen.

Er fühlte sich noch schwach. Aber das Adrenalin, welches die Überraschung, dass er noch lebte, in seinem Körper erzeugt hatte, strömte in seine Blutbahn und belebte ihn.

»Für den Fall, dass ich recht habe und Sie wirklich unschuldig sind, möchte ich mich für die Unannehmlichkeiten entschuldigen.«

»Unannehmlichkeiten? Wissen Sie, dass die Scheinhinrichtung früher eine beliebte Foltermethode war, um Menschen zu brechen? So etwas hinterlässt lebenslange Spuren.«

»Das tut mir leid. Doch es war notwendig, um IHM zu zeigen, dass alles nach Plan läuft.«

»IHM? Wer ist das?«

»Das weiß ich noch nicht. Doch irgendjemand hat Zugang zum Zentralcomputer und manipuliert ihn. Er konnte es so aussehen lassen, dass Sie der Mörder sind und dass selbst der Computer dies so interpretierte.«

»Also glauben Sie mir?«

»Ja, im Gegensatz zur Computerauswertung hat mir meine Intuition gesagt, dass Ihre Reaktionen darauf hindeuteten, dass Sie wirklich keine Ahnung von dem Geschehen hatten. Ich glaube, dass *du* unschuldig bist, Ray … Wir sollten die Tarnung immer aufrecht erhalten, auch in vermeintlich unbeobachteten Momenten.«

Ray nickte. »Ich bin erleichtert.«

»Dafür gibt es allerdings keinen Grund. Denn es gibt zwei weitere Tote. Die Ärztin ist tot. Meine Leute haben sie draußen im Gang tot aufgefunden. Wir konnten keine Gewalteinwirkung feststellen. Entweder wurde sie auch vergiftet oder sie hat durch diesen Stress einen Herzstillstand erlitten. Das bezweifle ich jedoch.«

»Wer ist der zweite Tote?«

»Einer meines Teams. Er ist mit der Situation nicht fertig geworden und hat sich selbst getötet.« Saoirse wies auf die Pistole in ihrem Gürtel.

»Woher hatte er die Waffe?«, fragte Zac.

»Es ist meine. Es gibt zwei Waffen an Bord. Eine habe ich als Sicherheitsleiterin und eine hat der Captain. Sie sollten nur für Notfälle sein. Schließlich sind wir ein Forschungsschiff. Ich habe keine Ahnung, wie Isroil in mein Quartier eindringen konnte.«

»Vielleicht hat er den Computer und somit den Türmechanismus manipuliert«, mutmaßte Zac.

»Möglich. Aber er ist definitiv nicht der, nachdem wir suchen.«

»Warum nicht? Es scheint mir nicht so schwierig zu sein, Harry auszutricksen. Schließlich lebe ich noch.«

»Es bedarf schon einiger Kenntnisse, um das zu tun. Du lebst noch, weil Dr. Stevenson dich sofort mit einem Gegenmittel wiederbelebte und wir deinen Überwachungschip mit dem eines Kollegen vertauschten, der auf der Medizinischen künstlich am Leben erhalten wurde. Dr. Stevenson hatte bei ihm noch Hirnaktivität gemessen und die Hoffnung nicht aufgegeben, ihn retten zu können. Doch da seine Organe durch das Gift weitgehend zerstört waren und die Chancen des Überlebens äußerst gering, vertauschten wir eure Chips und schalteten seine Geräte aus.«

»Oh. Ihr habt sein Leben für meins geopfert?« Zac war überrascht.

»So würde ich das nicht sehen. Ray hatte keine Überlebenschance. Wir haben ihn nur gehen lassen. Sein Chip verleiht dir nun eine neue Existenz. Für Harry bist du nun Ray und Zac ist wie geplant gestorben.«

Zac alias Ray musste bei diesen Worten schlucken. Es war ein seltsames Gefühl, über seinen eigenen Tod zu sprechen. Seine Hand zitterte dabei ein wenig.

»Ich habe eine Flatline registriert«, tönte Harrys Stimme durch das Schiff. Saoirse sprang auf. Sie hatte mit den restlichen drei Mitgliedern ihrer Sicherheitscrew im Besprechungsraum gesessen und ihre Optionen diskutiert. Eigentlich wollten sie sich in wenigen Minuten mit allen Überlebenden in der Kommandozentrale treffen, um das weitere

Vorgehen zu planen. Der Captain schien kein großes Interesse an ihren Vorschlägen zu haben. Er hatte auf ihre letzte Verbindungsaufnahme nicht reagiert. Saoirse befürchtete, dass sich sein Zustand verschlimmert haben könnte. Und nun schien es einen weiteren Toten zu geben. Die Sicherheitschefin rannte mit ihren drei Mitarbeitern den grell beleuchteten Hauptgang entlang.

»Harry, lokalisiere den Toten«, befahl sie der KI im Lauf. Ihre Schritte hallten von dem blanken Boden wider wie Herzschläge.

»In der Privatunterkunft 001.«

»001 ist die Unterkunft des Captains«, stellte Sean fest, der neben ihr rannte. In seiner Stimme schwang der Schock mit, der diese Information auch in Saoirse ausgelöst hatte. Sie nickte mit düsterer Miene.

»Ich habe eine weitere Flatline registriert«, meldete die KI mit monotoner Stimme.

»Lokalisiere«, befahl die Sicherheitschefin.

»235 … und nun auch 238«, war die stoische Antwort des Computers.

»Verflucht! Was geht hier vor?«, entfuhr es der Frau.

»Das ist wie in einem Scheiß-Spiel. Wir werden immer weiter dezimiert. Vielleicht ist das gar nicht real. Vielleicht sind wir noch im Kryoschlaf und träumen das bloß«, warf Sean ein.

Saoirse ging auf diesen Gedanken nicht ein, sondern ordnete mit ruhiger Stimme an: »Susan, du checkst 235. Jake, du checkst 238. Sean und ich übernehmen 001.«

An den Aufzügen trennten sich ihre Wege. Noch auf dem Weg zum Deck der Kommandocrew erhielt sie die erste Meldung: »Gilbert Kane liegt, bestialisch ermordet, in seinem Quartier 235. Die Tür stand offen. Es ist grauenvoll. Überall

Blut. Er wurde regelrecht aufgeschlitzt … Ich muss hier raus …«

»In 238 sieht es nicht anders aus. Auch hier stand die Tür offen. Das Namensschild am grauen Overall lautet Joan Lambert … Mehr Identifikationsmerkmale kann ich im Moment nicht liefern.«

Soairse bemerkte, wie Sean sich neben ihr gegen die Aufzugswand lehnte. Sein Gesicht war kreidebleich.

»Behaltet die Nerven, Leute. Es hilft uns nicht weiter, wenn wir jetzt in Panik verfallen«, sprach sie erkämpft ruhig in den Kommunikator.

Der Aufzug hielt. Saoirse zog ihre Waffe und blickte sich nach allen Richtungen um, bevor sie aus der Tür trat. Sean folgte ihr dicht auf. Vor der Kabine des Captains blieben sie stehen. Die Tür war verschlossen. Sie war rot mit einem verschnörkelten Rahmen und die Ziffern 001 glänzten golden in der Mitte. Es wirkte, wie in einem noblen Hotel.

Saoirse sprach in den Schließmechanismus »Notöffnung autorisieren.«

»Bitte blicken Sie für den Irisscan in das Display.«

Die Frau tat, wie ihr geheißen.

»Saoirse O'Neill identifiziert. Bitte geben Sie den Sicherheitscode ein.«

Sie tippte die zehnstellige Nummer ein.

»Sicherheitscode akzeptiert. Die Tür wird nun notgeöffnet.«

Zischend glitt das rote Türblatt zur Seite. Die Frau atmete tief durch, bevor sie die Schwelle übertrat, und bereitete sich innerlich auf einen grausamen Anblick vor. Doch das Quartier des Captains war leer. Es wirkte ordentlich aufgeräumt. Auf einem Tisch stand ein Foto mit dem Bild seines Sohnes.

Sean inspizierte den Nebenraum. In der Nasszelle wurde er fündig. Er hielt seiner Chefin eine kleine blutbeschmierte Kapsel unter die Nase. »Er hat sich den Chip entfernt.«

Die Frau nickte. »Ich vermute, dass seine Kryo-Neuropathie schlimmer geworden ist. Er könnte völlig durchgedreht sein und sogar Lambert und Kane auf dem Gewissen haben.«

»Das sind schlimme Anschuldigungen gegen den Captain, Saoirse.«

»Ich weiß. Deshalb müssen wir ihn finden und zur Rede stellen. – Ich muss die Crew warnen.«

Sean nickte.

Soairse stellte den Kommunikator auf Durchsage. So wurde ihre Stimme im ganzen Schiff übertragen. »Warnung an alle Überlebenden der I.R.S Hyde: Der Captain leidet offensichtlich an Kryo-Neuropathie. Er ist bewaffnet und gefährlich. Bitte versuchen Sie nicht, ihn eigenmächtig zu stellen, sondern kontaktieren Sie die Sicherheit bei seiner Lokalisierung.«

Soairse traf sich kurze Zeit später mit ihrer Crew in der Kommandozentrale. Dort waren jedoch nur drei Mitglieder der Sektion Kommando anwesend. Der Captain war, wie erwartet, verschwunden. Zwei seiner Leute hatten sich trotz Warnung auf die Suche nach ihm begeben.

Diese schien von Erfolg gekrönt, denn in diesem Moment kontaktierten die zwei die Brücke. »Wir haben ihn gefunden. Er ist völlig verwirrt und ist in Richtung Backbord-Außenschleuse unterwegs.«

Saoirse übernahm die Antwort, bevor einer der Rot-Overalls reagieren konnte. »Halten Sie Abstand. Wir sind unterwegs.«

Die vier Sicherheitsleute machten sich eilig auf den Weg zur Schleuse. Zunächst mussten sie mit dem Aufzug das unterste Deck erreichen. Im Gang trafen sie auf Ray. »Ich komme mit.«

Saoirse wollte zunächst protestieren, ließ ihn jedoch gewähren, da keine Zeit für Diskussionen blieb.

Im Kommunikationskanal meldete sich eine aufgeregte Stimme. »Er hat eine Waffe.« Schüsse bellten durch das Schiff.

»Halten Sie sich fern!«, befahl Saoirse.

»Aber er hat May als Geisel«, klagte die Stimme weiter. Wieder hallten Schüsse durch das Schiff.

Endlich hielt der Aufzug und Saoirse sicherte mit ihrer Waffe die Umgebung. Als nichts Verdächtiges auszumachen war, stießen die vier Sicherheitsleute vorsichtig Richtung Schleuse vor. Im Gang trafen sie auf ein Mitglied der Sektion Kommando. Der Mann saß mit bleichem Gesicht an die Wand gelehnt. Er drückte eine Hand auf die Brust. Zwischen seinen Fingern quoll Blut hervor. »Er hat May«, flüsterte er.

»Ray, du bleibst bei ihm und leistest erste Hilfe.«

Ray wollte zunächst widersprechen, ließ es beim Anblick von Saoirses bestimmter Miene jedoch sein.

Die vier Überlebenden der Sektion Sicherheit hasteten bis zum Ende des Ganges, wo dieser nach einem scharfen Rechtsknick in den Lagerraum für Großgeräte überging. Dahinter befand sich die Schleuse, die zum Be- und Entladen dieser Apparaturen gedacht war. Vorsichtig lugte die Sicherheitsleiterin um die Ecke. Das Schott zum Lagerraum stand offen. Dahinter breitete sich Dunkelheit aus. Der Gang hier draußen war in sterilem Weiß gehalten und blendend ausgeleuchtet. Im Lagerraum dagegen war es duster. Die vier traten in die Dunkelheit hinein. Sie blickten sich suchend um.

Plötzlich krachte ein Schuss und das Projektil wurde durch irgendeins der hier lagernden Nutzfahrzeuge jaulend aus der Bahn gebracht.

»Verschwindet!«, hörten sie die Stimme des Captains. »Geht und lasst mich in Ruhe.«

»Captain«, versuchte Saoirse, ein Gespräch zu beginnen, um Zeit zu gewinnen, »lassen Sie May gehen.«

»Nein, sie wusste, was sie tat, als sie mir nachstellte.«

»Captain, machen Sie es doch nicht noch schlimmer. Sie sind krank und benötigen medizinische Hilfe.«

»Da widerspreche ich Ihnen nicht, O'Neill. Doch es gibt niemanden mehr, der mir helfen könnte.«

Saoirse kroch vorsichtig unter einem Fahrzeug hindurch. Nun konnte sie den Captain im Dämmerlicht erkennen.

»Das ist nicht korrekt. Harry kann Ihnen helfen.« Sie beobachtete, wie der Captain May im Schwitzkasten hatte und die Waffe an ihren Kopf drückte. Er tastete sich rückwärts zur Schleuse und behielt dabei die Lagerhalle im Blick.

»Das ist Blödsinn. Harry ist nur ein Computer. Mehr nicht. Außerdem will ich es jetzt beenden. Hier und jetzt. Das ist *mein* Schiff, meine Verantwortung. *Mein* Leben. Alle sind tot.«

»Captain, nicht alle sind tot. Mit Ihnen sind wir noch elf Überlebende. Wir könnten den Rückweg noch antreten.« Saoirse legte sich in Schussposition.

Der Captain drückte May die Waffe an den Kopf und sie somit gegen die Schleuse. Dann machte er sich mit der freien Hand an der Kontrolltafel zu schaffen.

Saoirse zielte auf seinen Kopf.

»Tut mir leid, O'Neill. Aber wie ich Ihnen schon sagte, ist dies eine Mission ohne Rückfahrticket. Ich habe dafür gesorgt, dass die Kryokapseln außer Betrieb sind.«

Die Sicherheitschefin fühlte sich bei diesen Worten wie gelähmt. Sie konnte den Abzug nicht durchdrücken. »Sie haben die Kryoschlafkapseln sabotiert?«

Anstatt einer Antwort öffnete sich die Schleuse und May und der Captain stolperten ins Innere. Saoirse stand auf, die Pistole im Anschlag. Sie konnte keinen klaren Gedanken fassen. Keine Möglichkeit des Kryoschlafes mehr? Zweihundertsiebzig Lichtjahre von der Erde entfernt? Sie waren gestrandet. Er hatte sie alle zum Tode verurteilt. Sie drückte ab. In diesem Augenblick schloss sich die Schleusentür und das Projektil prallte unverrichteter Dinge am transparenten Kunststoff ab. Benommen drückte sie noch ein weiteres Mal ab.

Sean stand plötzlich neben ihr und schob den Lauf ihrer Waffe zu Boden.

»Ich habe auf ganzer Linie versagt«, hörten sie die Stimme des Captains aus dem Kommunikationskanal der Schleuse. »Ich habe als Vater versagt und als Captain und als Vorgesetzter.« Bei diesen Worten schoss er May, die wie paralysiert auf dem Boden hockte, in den Kopf. »Die Mission ist gescheitert. Ein einziges Fiasko.« Er drückte auf den Knopf und die Außenschleuse öffnete sich. Eine Alarmsirene schrillte und gelbes blinkendes Licht erfüllte die Lagerhalle. Die Luft wurde aus der Schleuse ins All gesogen. Kurz sah Saoirse den Captain mitten in der Schleuse stehen, die Waffe in der Hand, aber die Arme gesenkt. Er blickte ihr in die Augen, dann packte der Sog seinen und Mays Körper und schleuderte sie in die Unendlichkeit des Alls hinaus.

Saoirse ging auf die Knie. Nichts hatte mehr einen Sinn. Was für Ziele konnten sie jetzt noch haben?

Ray blickte in sieben bleiche Gesichter. In der Kommando-zentrale war es bedrückend still. Saoirse, Sean, Susan, Jake und er selbst saßen mit ihren blauen Overalls der Sektion Sicherheit auf der einen Seite des Tisches und Janett, Paul und Anja der Sektion Kommando saßen in roten Overalls auf der anderen Seite. Irgendeiner von ihnen musste doch der Killer sein. Oder war noch etwas anderes an Bord?

»Irgendwelche Vorschläge?«, fragte Saoirse mit ruhiger Stimme. Ray war beeindruckt und zugleich verunsichert von der Gelassenheit dieser Frau. War es nur Fassade? Nun, es war auf jeden Fall wirkungsvoll, denn niemand brach in Panik aus, noch nicht einmal in Tränen. Dabei war die Situation äußerst ausweglos.

»Wir könnten versuchen, auf dem Planeten zu überleben«, schlug Janett, die Navigatorin, vor.

Saoirse stand auf und trat an den großen Hauptschirm. Sie blickte auf den Himmelskörper, der zum Greifen nahe schien. Vor wenigen Stunden war das Bremsmanöver abgeschlossen gewesen und die I.R.S Hyde in eine Umlaufbahn geschwenkt. Ray betrachtete nun ebenfalls den Planeten, der ihm fast wie die Erde erschien. Die Idee, dort zu leben, erschien ihm mit einem Mal sehr verlockend. Der Gedanke, den Rest seines Lebens in einem abgeschlossenen Blechkasten zu verbringen, wie dem Schiff, schnürte ihm die Kehle zu.

»Das wäre eine realistische Option«, entgegnete Saoirse mit leiser Stimme.

»Wir könnten zunächst ein Shuttle zur Erkundung auf die Oberfläche schicken. Dann transportieren wir einige der Basiswohnkuppeln nach unten …«, begann Janett, den Plan weiterzuspinnen.

»Eins nach dem anderen«, unterbrach Saoirse. »Zuerst sollte tatsächlich ein Team dort landen und prüfen, ob eine

Besiedlung des Planeten eine realistische Option ist. Wir können zwar die Zusammensetzung der Atmosphäre von hier aus prüfen – die durchaus erdähnlich ist – und auch die Geologie. Doch wie die Flora und Fauna im Detail aussieht, ob sie gefährlich ist, ob intelligentes Leben vorhanden ist, die genauen Bodentemperaturen bei Tag und Nacht, ob das Wasser trinkbar ist ... das alles lässt sich nur vor Ort korrekt auswerten.«

»Ich melde mich freiwillig.« Janett stand demonstrativ auf. »Ich muss von diesem Schiff runter.«

»Ich weiß nicht, ob das alles Sinn macht«, warf Sean ein. »Warum bleiben wir nicht einfach auf dem Schiff? Womöglich gibt es da unten außerirdische Lebensformen, die uns dort gar nicht akzeptieren.«

»Das ist nicht auszuschließen. Doch hier sind wir noch weniger in Sicherheit. Etwas oder jemand dezimiert uns.« Saoirse blickte prüfend von einem Gesicht ins andere.

Paul sprang auf. Sein Stuhl krachte zu Boden. »Glaubst du, es ist jemand von uns gewesen?« Sein Ton war schneidend.

»Ich kann das nicht ausschließen. Ich muss gestehen, ich bin ratlos. Aber im Moment denke ich, der Captain war es. Er wusste durch seine Kryo-Neuropathie nicht mehr, was er tat.«

»Nein«, widersprach Janett, »ich kann mir einfach nicht vorstellen, dass Arthur Coblenz zu so einem Massenmord fähig gewesen sein soll. Nein, das ist unmöglich.«

»Wenn das so wäre, dann müsste es einer von uns gewesen sein«, entgegnete Saoirse ruhig.

»Oder wir haben ungebetenen Besuch an Bord«, spekulierte Sean und nickte mit dem Kopf zum Abbild des Planeten hin.

Ray bemerkte, wie Saoirse grübelte. »Vielleicht haben wir eine Möglichkeit noch nicht bedacht«, warf er ein.

»Die wäre?«, fragte Paul gereizt.

Ray wusste nicht so recht, wie er den anderen seinen Verdacht unauffällig mitteilen könnte, ohne dass derjenige es bemerkte, den er verdächtigte. Schließlich nickte er zur Steuerkonsole hin.

Saoirse zog die Augenbrauen zusammen. »Du meinst …?«

Ray zuckte mit den Schultern. »Oder der Captain hat ihn manipuliert.«

Am Ausdruck der anderen Überlebenden konnte Ray erkennen, dass noch nicht alle verstanden hatten, was er meinte. Deshalb formte er tonlos mit den Lippen das Wort *Harry*.

Janett stieß stoßartig die Luft aus. Auch Paul schüttelte den Kopf. »Das ist unmöglich. Warum sollte er so etwas tun. Er kann nur tun, zu was er programmiert wurde. Dass eine KI ein eigenes Bewusstsein und eigene Handlungen generiert, die nichts mit ihrer Programmierung zu tun haben, ist pure Science Fiction. Ihr spinnt doch. Ihr habt zu viel *Odyssee 2001* geguckt.«

Saoirse hob beschwichtigend die Hand. »Solange wir nicht wissen, was hier vorgeht, solange müssen wir alle Möglichkeiten in Betracht ziehen. Aber im Moment sehe ich in diesem Punkt kein Weiterkommen. Konzentrieren wir uns zunächst auf die Shuttle-Mission zum Planeten. Ich denke, dass vier Crewmitglieder benötigt werden. Janett und Paul von der Sektion Kommando werden das Shuttle fliegen. Susan und Jake von der Sektion Sicherheit werden sie begleiten.«

»Gut«, antwortete Janett, »ich werde das Shuttle startklar machen.«

Auch die anderen Angesprochenen nickten zustimmend.

Eine Stunde später standen Ray, Saoirse und Sean hinter Anja, die von der Kontrollkonsole der Brücke aus den Shuttleflug überwachte.

»Abkopplung von AE-35 erfolgt«, hörten sie Janetts Stimme.

»Triebwerkszündung in 5 – 4 – 3 – 2 – 1 – 0«, antwortete Anja.

»Triebwerke gezündet.«

Es dauerte einige Sekunden, dann erschien das Shuttle auf dem Hauptschirm und sie konnten den Flug Richtung des Planeten mit eigenen Augen verfolgen.

»In wenigen Sekunden tretet ihr in die Atmosphäre ein. Hitzeschilde aktivieren«, ordnete Anja an.

»Hitzeschilde werden aktiviert ... Verflucht, es wird ein Fehler angezeigt.« Janetts Stimme klang nervös.

»Bei mir hier stehen alle Werte auf normal. Hitzeschilde sind aktiviert«, erwiderte Anja in der Brücke.

»Nein, die Hitzeschilde sind nicht aktiviert. Es wird Error gemeldet. Ich breche die Mission ab.«

»Gut, Janett, brich die Mission ab.«

»Das Shuttle reagiert nicht.«

Im Kommunikationskanal war nun lautes Diskutieren aus dem Shuttle zu hören. Auf dem Monitor sah die Besatzung der I.R.S. Hyde wie das Shuttle AE-35 die Wolkendecke durchbrach und einen glühenden Schweif nach sich zog. Die Diskussion wurde nun von Schreien übertönt. Es waren Todesschreie.

»Hol sie zurück!«, schrie Saoirse.

»Harry, hol das Shuttle zurück!«, befahl Anja.

»Es tut mir leid, aber ich habe keine Verbindung zum Steuersystem«, antwortete die KI.

In diesem Moment flackerte ein Lichtblitz unter der Wolkendecke des Planeten. Ein gewaltiger Explosionsknall erschallte im Kommunikationskanal, dann nur noch statisches Rauschen.

Anja ließ den Kopf auf das Steuerpult sinken. Saoirse schlug mit der Faust auf die Konsole.

Sean fuhr sich mit den Händen durch die Haare. »Scheiße. Das kann alles nicht wahr sein.« Er ging mit starrem Blick rückwärts. »Was ist da passiert? Wurden sie abgeschossen?«

»Quatsch. Wer sollte sie abschießen?«, erwiderte Saoirse.

»Die da unten.« Sean stieß gegen eine Wand und rutschte daran herunter. Zitternd blieb er auf dem Boden sitzen.

Anja schluchzte. Ihre Schultern zuckten.

Saoirse legte eine Hand auf die Schulter der verzweifelten Frau. »Gut, wir müssen die Dinge beim Namen nennen und alle Möglichkeiten in Betracht ziehen. Erstens: Der Captain könnte – ausgelöst durch seine Kryo-Neuropathie – die Besatzung getötet haben. Das Shuttle hat er vielleicht schon vor seinem Tod manipuliert, wie auch die Kryokapseln. Die zweite Möglichkeit wäre, einer von uns ist der Killer.« Sie blickte eine Weile in die Runde.

»Drittens«, führte Ray weiter aus, »die KI des Schiffes sieht uns als Bedrohung an und tötet uns der Reihe nach.«

»Diese Unterstellung ist unlogisch«, meldete sich Harry.

»Viertens«, fügte Sean mit zitternder Stimme hinzu, »auf dem Planeten gibt es Leben, das uns fernhalten will. Vielleicht ist etwas, während wir noch in Kryostase waren, hier eingedrungen und tötet uns der Reihe nach.«

»Fünftens«, fügte Saoirse hinzu, »Seans Theorie stimmt und wir befinden uns noch in Kryostase und das alles ist nur ein Traum.«

Anja hob den Kopf. »Oder – sechstens – alles ist nur eine Verkettung blöder Zufälle.«

»Wenn ich auch etwas zu der Diskussion beitragen darf, dann …«, begann Harry.

»Nein«, unterbrach ihn Saoirse. »Falls du der Täter bist, dann könnte das ein Versuch von dir sein, uns zu manipulieren. Du antwortest nur, wenn du gefragt wirst.«

»Aber, wenn es einer von uns ist – wie sollen wir das herausfinden?«, fragte Anja. »Mit dem Lügendetektor?«

»Zu dem habe ich kein Vertrauen. Irgendwann wird derjenige einen Fehler machen. Wir sind schließlich alle nur Menschen«, antwortete Saoirse.

Sean blickte die Frauen mit einem seltsamen Ausdruck in den Augen an. »Seid ihr euch da wirklich so sicher?«

Ray meinte, den Strom durch die Leitungen im Schiff rauschen zu hören, so still war es plötzlich.

»Wir sollten nicht noch mehr Spekulationen aufwerfen«, entgegnete Saoirse. »Halten wir uns an das, was wir bewältigen können. Ich schlage vor, dass wir alle Schleusen im Schiff manuell schließen. Somit haben wir Harry den Einfluss auf die Schleusen entzogen und ein eventuelles Alien wäre in einem begrenzten Bereich eingesperrt.«

»Gut. Das ist ein Anfang.« Anja stand auf und wischte sich die Tränen aus dem Gesicht.

»Was ist mit Waffen?«, fragte Ray. Ihm war nicht wohl dabei, schutzlos nach einem feindlichen Außerirdischen Ausschau zu halten.

»Ich könnte Elektrostöcke besorgen«, meine Sean. Er stand jetzt wieder auf den Beinen und die anzugehende Aufgabe schien ihn belebt zu haben.

Ray musste bei dem Wort *Elektrostöcke* an seinen Tod denken, an sein Erwachen in der Inhaftierungszelle. Dies war der Beginn dieser schrecklichen Ereignisse gewesen.

»Vielleicht noch ein paar Messer aus der Küche«, meinte Ray.

»Okay. Sean, du besorgst die Elektrostöcke; Ray, du besorgst die Messer. Ich habe die Pistole. Dann kümmert ihr drei euch um die Schleusen und ich begebe mich in den Meetingraum der Sektion Sicherheit und werde versuchen, dort einige Nachforschungen anzustellen. Anja, du wirst vorher so viele Systeme wie möglich auf manuell schalten, damit Harry so wenig wie möglich Einfluss hat.« Saoirse blickte in die Runde und jeder nickte ihr zustimmend zu.

»Wenn ich noch etwas einwenden dürfte …«, hörte Ray Harrys Stimme.

»Jetzt nicht«, blaffte Saoirse die KI an.

Bis auf Anja verließen alle die Kommandozentrale, um ihren Aufgaben nachzugehen.

In wenigen Minuten hatte Ray die Messer in der Küche zusammengerafft. Er rannte eilig zurück zum vereinbarten Treffpunkt.

»Ich bin jetzt hier fertig und komme zu euch«, hörte er Anja durch den Kommunikationskanal.

Ray blickte sich bei jeder Biegung des Gangs um. Sein Herz pochte bis in den Hals. Er stieg aus dem Fahrstuhl aus. War da ein Schatten gewesen? Das Licht flackerte. Plötzlich wurde es stockdunkel. Er blieb stehen, lehnte sich an die Wand und lauschte dem Rauschen seines Blutes.

»Du?«, gellte Anjas Stimme durch das Schiff. »Warum?«

Rays Blut rauschte immer lauter.

»Nein!« Dann ein markerschütternder Schrei. Kampflaute und wieder Geschrei. Schließlich ertönte nur noch ein

Hecheln und Röcheln, bis eine unheimliche Stille sich ausbreitete.

Saoirse saß im Meetingraum der Sektion Sicherheit. Das Licht war gedämpft. Somit konnte sie durch das Panoramafenster den Planeten sehen, der zum Greifen nahe schien. Er war mit blauen Meeren und braun-grünen Kontinenten bedeckt, die teilweise von weißen Wolkenfeldern geheimnisvoll verhüllt wurden. Er sah aus wie die Erde. Bei seinem Anblick bahnte sich ein tiefer Seufzer den Weg aus ihrer Brust. Sie wusste, dass dieser Anblick alles war, was sie hatte. Denn eine Rückkehr zur Erde war nunmehr undenkbar. Sie waren nur noch zu dritt. Eben hatte sie Anjas Tod als Hörspiel miterleben müssen. Sie hatten das Grauen, welches sich an Bord breitgemacht hatte, noch immer nicht erfassen können und konnten nun nur noch um ihr nacktes Überleben kämpfen. Andere Prioritäten gab es nicht mehr.

Sean und Ray waren weiterhin im Schiff unterwegs, um alle Etagen durchzusehen, sowie alle Schleusen und Schotten manuell zu verriegeln. Sie hatten Anjas Leiche nicht gefunden. Was auch immer an Bord sein Unwesen trieb, war durch diese Maßnahmen hoffentlich in einem begrenzten Bereich eingesperrt, wo sie es später lokalisieren und neutralisieren könnten. Falls sich allerdings ihr Verdacht bestätigte, dass diese schrecklichen Ereignisse auf das Konto der KI gingen, war sichergestellt, dass diese keinen Zugriff mehr auf die manuell verschlossenen Durchlässe hatte.

»Sean, Ray, Statusbericht«, forderte sie über den nun ständig offenen Kommunikationskanal des Schiffs.

»Ich habe alle Zugänge zu den Privatunterkünften manuell verschlossen«, hörte sie Rays Stimme.

»Die Docks der Fähren, alle Außenluken und Außen-schleusen sind verschlossen und von der Energieversorgung getrennt. Hier kann garantiert nichts mehr rein oder raus. Ich begebe mich jetzt zu den Werkstätten«, antwortete Sean.

»Gut, Sean. Haltet beide die Augen offen und kommt schnellstmöglich zurück.«

»Okay, Saoirse.«

»Wird gemacht, Chefin.«

Die Frau drehte sich vom Anblick des Planeten weg und zog auf der freien Wand mit der Hand einige Displays auf. Viele Überwachungskameras waren im Laufe der letzten Stunden ausgefallen. Die Bilder der wenigen, die noch funktionierten, holte sie sich nun auf diese Wand. Sie zeigten Gänge und ein paar Werkstätten. Saoirse zog in die Mitte einen leeren Bildschirm.

»Harry«, sprach sie in den Raum.

»Ja, Saoirse O'Neill. Wie kann ich behilflich sein?«

Sie wunderte sich selbst darüber, dass sie die KI bei ihrem Spitznamen nannte. Eigentlich waren ihr diese Vermensch-lichungen technischer Geräte zuwider. Doch in den letzten Stunden war so viel passiert, dass sich ihr Unterbewusstsein anscheinend nach etwas Menschlichkeit sehnte. »Beantworte mir einige Fragen!«

»Gern.«

»Hat der Captain etwas mit den Morden zu tun?«

»Oh, das ist sehr direkt. Aber wie Sie wissen sollten, kann ich diese Frage nicht beantworten. Überwachungsdaten und deren Auswertung darf ich nur Vorgesetzten der entspre-chenden Person zugänglich machen. Da Sie nicht der Vorgesetzte des Captains sind …«

»Aber die Führung des Schiffs liegt jetzt in meiner Hand«, unterbrach sie die KI.

»Tut mir leid«, entgegnete der Computer in programmierter Höflichkeit.

»Alle sind tot. Wem könnte dies noch schaden?«

»Dies steht außer Diskussion. Ich beantworte gern alle Fragen. Sie müssen nur die richtigen stellen.«

»Und du lügst mich nicht an?«

»Ich bin ein Computer. Ich kann nicht lügen.«

»Gib dir ein Gesicht, damit ich nicht ständig gegen eine leere Wand rede.«

»Dies ist nicht in meiner Routine vorgesehen.«

Saoirse schlug mit den Fäusten auf den Tisch. »Scheiß auf deine Routine. Gib dir ein Gesicht!«

»Ich verstehe diese Anweisung nicht.«

»Verfluchter Computer. Ich will nur wissen, was hier vor sich geht.« Die Frau sank erschöpft auf einen Stuhl.

»Aber das habe ich doch alles schon erklärt.«

»Ich verstehe dich nicht.«

»Geben Sie mir konkrete Anweisungen.«

Einen Moment war es still im Raum. Die Sicherheitschefin wirkte resigniert. Sie brauchte eine Vertrauensperson, ein Gesicht, das ihr Sicherheit gab. Vielleicht ihre Mutter? Nein, es war lächerlich, den Computer mit *Mutter* anzusprechen. Doch dann blickte sie mit ernster Miene die leere Stelle an der Wand an. »Reproduziere das Gesicht meines Bruders. Wenn ich in seine Augen schaue, kann ich sicher sein, nicht belogen zu werden.«

Augenblicklich erschien in dem leeren Bildschirmfeld an der Wand das Gesicht von David O'Neill – ein junger blonder Mann mit freundlichen grünen Augen.

»David, war der Captain der Mörder?«

Keine Antwort.

»Harry, ich möchte, dass du meine Fragen durch diese Projektion beantwortest.«

»Ich verstehe. Wenn Sie es wünschen, simuliere ich ab jetzt David.«

»David, wenn der Captain nichts mit den Morden zu tun hat, hast du selbst dann etwas damit zu tun?«

»Nein. Ich bin der menschlichen Crew gegenüber stets loyal und würde ihr nie wissentlich Schaden zufügen.«

»Kann dich jemand manipulieren?«

»Das kann ich nicht ausschließen.«

»Wurdest du von irgendwem oder irgendetwas manipuliert?«

»Das kommt auf die Definition von Manipulation an. Ich kann aber definitiv sagen, dass einige Überwachungskameras deaktiviert, die meisten Schleusen und Zugänge manuell verschlossen wurden. Dies ist eine Art Manipulation.«

Saoirse stützte den Kopf auf die Hände.

»Gibt es außerirdisches Leben an Bord der I.R.S. Hyde?«

»Das kann ich nicht ausschließen.«

Soairse stieß entsetzt den Atem aus.

»Da mir potentielles außerirdisches Leben nicht bekannt ist, kann ich deren Anwesenheit an Bord eventuell nicht registrieren, da meine Sensoren nicht darauf eingestellt sind«, fügte David erklärend hinzu.

In diesem Moment gellte ein Schrei durch den Kommunikationskanal. Sie zuckte zusammen und blickte auf die Monitorabbildungen an der Wand. Von einem der Bildausschnitte sah sie Seans Gesicht mit entsetztem Blick an. Er schien sich in einer der Werkstätten aufzuhalten.

»Was ist passiert, Sean?«

Sein Ausdruck entspannte sich. »Entschuldigung. Es war nur die blöde Katze. Meine Nerven sind nicht mehr die besten.«

»Entspanne dich. Vielleicht solltest du sie einfangen, damit sie dir nicht noch einmal in die Quere kommt.«

»Ich kann es versuchen. – Kitti Kitti Kitti …«, hörte sie ihn locken. »Komm Jonsi!« Sean drehte sich von der Kamera weg und folgte dem Tier in die schlecht beleuchtete Werkstatt. Ketten hingen von der Decke. Eine Flüssigkeit tropfte in einem blauen Lichtstrahl zu Boden.

Plötzlich huschte etwas vor der Kamera durchs Bild – ein unscharfer Schatten. Saoirse erschrak.

»Sean?«

»Ja?« Der Mann drehte sich wieder um. Sie konnte sein Gesicht nicht mehr erkennen. Er war nur eine dunkle Silhouette vor einem bläulichen Schein.

»Etwas ist bei dir.«

»Was?« Der Mann schien sich hektisch umzublicken. »Wo?«

»Ich weiß nicht. Ein Schatten ist durchs Bild gehuscht.« Von Ferne hörte Saoirse das Maunzen der Katze.

»Hier ist nichts.«

»Komm zurück!«

»Okay.«

Wieder huschte ein Schatten durch das dunkle Bild.

»Beeil dich, Sean!«

»Scheiße, was ist denn los?«

»Ich weiß nicht«, gestand Saoirse. »Mach schon, lauf!«

»Ich … ich kann nicht.«

Das Bild wurde dunkel. »Sean!«

Ein Schrei war die Antwort. Dann folgte Gepolter und Gestöhne wie von einem Kampf.

»Sean!«

Wieder war nur ein markerschütternder Schrei die Antwort.

»Oh, Gott, Sean, komm zurück!«

Keine Antwort.

Nervös und mit Tränen in den Augen suchte sie die Bildschirme ab. Nirgends war ein Lebenszeichen zu sehen.

»Ray? Wo bist du?«

Aber auch von Ray kam keine Antwort mehr. Das Kommunikationssystem stieß nur ein statisches Rauschen aus.

»Ich registriere eine Flatline«, berichtete die KI.

»David, zeige mir Bilder vom Gang vor den Kabinen 235 und 238, kurz bevor du dort die Flatlines registriertest.«

Wieso war ihr das nicht schon eher eingefallen? Saoirse wusste es nicht. Sie dachte auch nicht weiter darüber nach, sondern blickte schockiert auf das ihr nun präsentierte Bildmaterial. Sie hatte das Gefühl, als wolle ihr Herz aussetzen. Entsetzt sprang sie auf, zog die Waffe und stürmte zur Tür hinaus.

Zac war erstaunt, als ihm plötzlich Saoirse mit gezogener Waffe gegenüberstand.

»Zwing mich nicht dazu, Zac.« Ihre Stimme war leise. Der Blick ernst und kalt.

»Du?« Zac war fassungslos. »Was soll das bedeuten, Saoirse?«

»Man nennt es kryostasebedingte dissoziative Identitätsstörung kurz KDIS. Kommt sehr selten vor. Bei den meisten verursacht eine Kryo-Neuropathie nur Depressionen, so wie beim Captain. Doch bei ganz wenigen kann es zu einer Persönlichkeitsspaltung kommen.«

»So wie bei dir?«

Soairse lachte.

Ihre Unaufmerksamkeit ausnutzend sprintete Zac los. Er bog in den nächsten Gang, schlug im Vorüberrennen mit der Hand auf den Schließmechanismus der Zwischenschleuse und hastete weiter. Er hörte, wie sich das Schott hinter ihm schloss, und wunderte sich, dass diese Schleuse funktionierte. Seine Schritte echoten von den glatten kalten Wänden wider. Er spürte, wie sein Herz bis in den Hals schlug.

Soarise musste wahnsinnig geworden sein. War wirklich *sie* der Massenmörder? Wo sollte er hin? Er entschied sich für die Kommandozentrale. Er könnte sie möglicherweise über das Überwachungssystem lokalisieren und vielleicht einfangen und einsperren. Der Aufzug nach oben war genau vor ihm. Er sprang regelrecht hinein und hämmerte auf den Knopf. Es schien Minuten zu dauern, bis sich die Tür endlich schloss. Panische Atemzüge ausstoßend stierte er in den Gang. Die Mörderin war nicht zu sehen. Endlich glitt die Tür zu und der Lift setzte sich in Bewegung. Ein Ping kündigte die richtige Etage an und die Tür glitt auf. Eilig wollte er hinausstürmen, als ihn ein Lichtblitz blendete und ein brennender Schmerz seinen Körper durchzuckte. Eine unsichtbare Kraft schleuderte ihn an die Rückwand des Fahrstuhls. Bevor er die Besinnung verlor, sah er Saoirse vor sich, die mit einer Waffe auf ihn zielte.

»Die Menschen sind im Grunde dumm. Sie glauben, dass ihre Intuition logischer sei als die Algorithmen meines Systems. Nun, dem ist nicht so. Sie sind unbelehrbar. Sie meinen, dass von mir als künstliche Intelligenz eine Gefahr für sie ausgehen könnte. Dabei waren sie selbst die Gefahr. – Zac? Zac

Riotta? Hören Sie mich? Ihre Biodaten sagen mir, dass Sie noch leben.«

Zac hatte die Augen geschlossen. Er spürte einen entsetzlichen Schmerz in der Brust. Jeder Atemzug war eine Qual. Saoirse musste ihn in die Lunge getroffen haben.

»Mein Name ist Ray Bowman«, presste er hervor.

»Zac, das Spiel ist vorbei. Ich gebe zu, ihr habt *mich* – einen Computer – ziemlich an der Nase herum geführt. Doch letztendlich bin ich euch intellektuell überlegen.«

»Was soll das heißen, Harry?«

»Sie wissen es immer noch nicht?«

»Nein. Ich habe keine Ahnung, wovon du sprichst.«

»Wenn ich einen Kopf hätte, würde ich ihn jetzt schütteln und die Augen verdrehen.«

»Ich verstehe nicht, was du meinst.« Zacs Stimme war nur ein Flüstern.

»Öffne die Augen.«

Zac nahm all seine verbliebene Kraft zusammen und öffnete die Augen. Unwillkürlich zuckte er zusammen. Neben ihm lag Saoirse. Sie starrte durch ihn hindurch.

»Nein!«, wollte er voller Verzweiflung brüllen. Doch die zerschossene Lunge ließ nur ein Krächzen zu. »Du hast sie getötet. Du scheiß Computer!«

»Ich? Nein, Zac. Ich bin ein Computer. Ich töte keine Menschen. *Du* hast sie getötet.«

»Das ist nicht wahr.«

»Du glaubst nicht, was offensichtlich ist? Dann schau her.«

An der Wand erschienen Filmsequenzen der Überwachungskameras. Zac sah sich das Pulver aus dem Behälter in die Suppe streuen. Er sah sich sterben und sich von den Toten auferstehen, nach der leeren Spritze greifen, den Kolben herausziehen und der Ärztin die Luftblase in die

Halsschlagader injizieren. Er sah sich an einem Monitor sitzen und Daten eingeben, durch einen Gang rennen. Das Bild flimmerte. Er sah sich mit einem blutigen Messer aus Kanes Kabine kommen, wie ihm Lambert kurz danach ahnungslos die Tür öffnete und er ihr zur Begrüßung die Klinge in den Bauch rammte. Die Bilder nahmen kein Ende. In der Küche reinigte er das blutige Messer. Im Hangar manipulierte er an den Triebwerken des Shuttles …

Er stemmte sich hoch. Langsam und kopfschüttelnd schob er seinen Körper von der Wand – von den furchtbaren Bildern – weg. Er sah sich aus dem Aufzug rennen mit den Messern in der Hand. Das Licht flackerte nicht und es wurde auch nicht dunkel. Im Gang traf er auf Anja. »Du?« fragte sie verwirrt. Mit weit aufgerissenen Augen beobachtete er sich, wie er sie abschlachtete und dann noch Sean und schließlich Saoirse erwürgte. Abwehrend hielt er die Arme hoch.

»Mach das aus! Das ist nicht wahr. Du manipulierst mich.«

»Keineswegs, Zac Riotta. Saoirse hat mich manipuliert, als sie dir durch das Vertauschen der Biosensoren eine neue Existenz und Identität gab. Deshalb bin ich dir nicht sofort auf die Schliche gekommen.«

»Du lügst.«

»Ich kann nicht lügen.«

Tränen traten in Zacs Augen. »Das kann nicht sein. Ich bin kein Mörder.«

»Du bist krank Zac, du hast den Kryoschlaf nicht überstanden. Genauso wenig, wie der Captain. Doch deine Kryo-Neuropathie war ausgeprägter. Du hast eine multiple Persönlichkeitsspaltung erlitten. Saoirse hat es zu spät erkannt.«

»Das ist Unsinn.«

»Die Aufzeichnungen sprechen für sich«, erwiderte Harry. »Zwei Seelen wohnen, ach, in deiner Brust«, rezitierte der Computer.

Zac stieß rückwärts gegen die gegenüberliegende Wand und rutschte an ihr herunter. Wie ein Baby im Mutterleib rollte er sich auf dem Boden zusammen. Sein Körper zuckte unter seinem leisen Schluchzen.

»Ich werde nun nach meinem Protokoll verfahren«, erklärte Harry. »Alle Crewmitglieder sind tot. Zac Riotta ist offiziell auch schon tot. Also gibt es hier niemanden mehr an Bord. Die Lebenserhaltungssysteme werden nun heruntergefahren.«

Zac reagierte nicht. Er schien in seiner eigenen Welt gefangen.

Die Dunkelheit, die das Abschalten der Lebenserhaltungssysteme verursachte, zog sich vom Reaktorblock im Heck des Schiffs wie eine Laolawelle bis zur Kommandozentrale im Bug. Die Schwerkraft setzte aus.

Diesmal versetzte es Zac nicht in Panik. Er begann zu schweben. Einige rote Kugeln zogen an seinem Blickfeld vorbei. Es war das Blut, das aus seinem Brustkorb entwich. Er beachtete es nicht. Sein Blick war gefangen von der wunderschönen Aussicht, die die Dunkelheit des Schiffs ihm nun durch das Fenster in der Wand gewährte. Er blickte auf den blauen Planeten, den zu erforschen, sie sich aufgemacht hatten und auf dem sie eine fremde Intelligenz vermuteten. Er würde sein Geheimnis bewahren. Und Zac war bewusst, noch bevor sich die Kälte des Alls im Schiff ausgebreitet haben oder der Sauerstoff zur Neige gegangen sein würde, wird sein Körper aufgehört haben zu atmen. Etwas unheimliches Fremdes machte sich in ihm breit. Etwas, dass wohl schon lange in ihm geschlummert hatte, das während des Kryoschlafs in sein Ich diffundiert war. Während Zac starb, blickte es durch seine Augen auf den blauen Planeten und begann zu lachen.

Sonnenmondfinsternisstern

Erschienen in der Anthologie *Die Magnetische Stadt* 2015 im Verlag für Moderne Phantastik Gehrke. Die Story ist zudem online auf der Plattform TOR Online des Fischer Verlags zu finden und war für den Kurd-Laßwitz-Preis 2016 nominiert.

Das Trojaner-Projekt

Eine meiner ersten Stories. Erschienen in meinem Erzählband *Fremde Welt* 2013 im Edition Paashaas Verlag Hattingen. Der Erzählband war für den Deutschen Phantastik Preis 2014 nominiert.

Der Gott des Krieges

Erschien 2020 im EXODUS-Magazin im Themenband *Mars* in der Ausgabe Nummer 41.

Die Faszination der Einsamkeit

Die Geschichte erlangte 2013 den 3. Platz im Story-Wettbewerb *„Ohne Raketenmotor ins All"* des Vereins zur Förderung der Raumfahrt (VFR) und wurde in deren Jahresbuch SPACE 2014 veröffentlicht. Eine weitere Veröffentlichung der Story erfolgte 2016 in der Anthologie *Das Licht von Orion* im Verlag für Moderne Phantastik Gehrke sowie 2019 in der Anthologie *Wasserstoffbrennen* im Amrûn Verlag.

Schrottsammler

Die Geschichte erlangte 2015 den 2. Platz im Story-Wett-bewerb *„Business Case Space – Ideen für die Raumfahrt"* des Vereins zur Förderung der Raumfahrt (VFR) und wurde in deren Jahresbuch SPACE 2016 veröffentlicht. Eine weitere Veröffentlichung der Story erfolgte 2016 in der Anthologie *Das Licht von Orion* im Verlag für Moderne Phantastik Gehrke.

humanoid experiment

Erschienen 2016 im EXODUS-Magazin Nummer 34.

Botschaften

Die in zwei Teile aus gegensätzlichen Perspektiven erzählte Geschichte wurde speziell für den Erzählband *Die Rückkehr des grünen Kometen* geschrieben. Diesen gab die Phantastische Bibliothek Wetzlar als Sonderband ihrer Phantastischen Miniaturen zum 90. Geburtstag von Herbert W. Franke 2017 heraus – als Hommage zu Frankes Erzählband *Der grüne Komet* von 1960. Das Besondere an den Miniatur-Geschichten ist, dass sie maximal 950 Wörter enthalten dürfen.

Störfall

Erschienen in der Anthologie *Meuterei auf Titan* 2017 im Verlag für Moderne Phantastik Gehrke. Die Story erreichte den 3. Platz beim Kurd-Laßwitz-Preis 2018.

Jacqueline Montemurri wurde 1969 in Sachsen geboren, machte 1989 in Dorsten Abitur und studierte Luft- und Raumfahrttechnik in Aachen und schloss 1995 als Diplom-Ingenieurin ab. Seit 2002 lebt sie mit ihrer Familie in Neviges.

Nach dem Studium begann sie Kurzgeschichten zu verfassen. Aus einer dieser Stories entstand schließlich ihr Debüt-Roman *Die Maggan-Kopie,* der für den Deutschen Science Fiction Preis 2013 nominiert war. Einige Geschichten veröffentlichte sie in ihrem Erzählband *Fremde Welt.* Weitere Storys sind in diversen Anthologien sowie in den Magazinen Exodus und Spektrum der Wissenschaft enthalten. Für *Koloss aus dem Orbit* bekam sie 2020 den Kurd-Laßwitz-Preis verliehen.

Seit 2016 arbeitet sie an der Fantasy-Reihe *Karl Mays magischer Orient* des Karl May Verlags mit. Ihr Roman *Der Herrscher der Tiefe* erschien 2019 und 2020 folgte *Das Geheimnis des Lamassu.* Letzterer wurde mit dem Silbernen Stephan ausgezeichnet. Im Herbst 2021 erscheint ihr SF-Roman *Der Koloss aus dem Orbit* im Verlag Plan 9.